拳师

一个中国武师漂泊到越南的故事

作者 [越] 陈越中
翻译 黄　群

经济日报出版社

图书在版编目（CIP）数据

拳师：一个中国武师漂泊到越南的故事 / (越) 陈越中著 ; 黄群译 . -- 北京 : 经济日报出版社 , 2022.5
ISBN 978-7-5196-1090-6

Ⅰ . ①拳… Ⅱ . ①陈… ②黄… Ⅲ . ①长篇小说—越南—现代 Ⅳ . ① I333.45

中国版本图书馆 CIP 数据核字 (2022) 第 071471 号

版权登记号：01-2022-0120

拳师：一个中国武师漂泊到越南的故事

作　　者	[越] 陈越中
译　　者	黄　群
责任编辑	张　丹
助理编辑	姜　楠
责任校对	李艳春
出版发行	经济日报出版社
地　　址	北京市西城区白纸坊东街 2 号 A 座综合楼 710（邮政编码 :100054)
电　　话	010-63567684（总编室） 010-63584556（财经编辑部） 010-63567687（企业与企业家史编辑部） 010-63567683（经济与管理学术编辑部） 010-63538621 63567692（发行部）
网　　址	www.edpbook.com.cn
E - mail	edpbook@126.com
经　　销	全国新华书店
印　　刷	北京文昌阁彩色印刷有限责任公司
开　　本	710mm×1000mm　1/16
印　　张	14.25
字　　数	220 千字
版　　次	2022 年 5 月第 1 版
印　　次	2022 年 5 月第 1 次印刷
书　　号	ISBN 978-7-5196-1090-6
定　　价	49.00 元

原版序

四十年前，一个全国武术大会在越南河内召开，来自全国多个地区的武师出席了这次会议。会上，各个代表对武术进行了交流，共同分享了对武术精华的见解，从中选出适合各个年级学生“体质和精神”全面发展的训练方式。这是充满人文关怀且具有尚武精神的远见卓识。在会上，有一个“无进，无马，出手柔如绒如绵”的武术门派，获得了武师们的高度赞许，甚至称之为“拳上拳”。这个门派，后来被习武的人称为“越南咏春拳”，因其招式与中国的咏春拳多有相似之处。

这个门派来到越南的时间是20世纪30—40年代，当时越南正处在一个特殊的历史时期。咏春拳（暂且以此称之）由一位中国武术名师在河内和西贡进行传授。正因为如此，迄今人们对这个武术门派的来历尚知之不多，但它却给后人留下许多传说和佳话。

诸位手上的这本书，是一本非虚构的文学作品，作者是位知识分子，且是位跟随这个门派习武多年的人。作者为了收集这些尘封已久的人物和事件的历史资料，付出了艰辛的劳动，如果没有人去发掘，谁又能保证它不会被流逝的岁月所埋没?《拳师》中描写的人物都十分美，美在学术，美在人格、道义、毅力、处世、行为，以及教人向善。因它是一部文学作品，读者可以从中找到现实生活中相似甚至近乎原型的人物，这一切，都寄托着作者的所盼所思。本书所讲的一些小故事，简单而实在，通过对一位真实人物——吴士贵先生所述的回忆，达到对人的教育、培养的目的，并回应人们对越南传统武术门派真实情况的关注。

可以说，这不仅是一部对武术爱好者有吸引力的作品，而且是一部可以让尚武的人从中找到一种适合越南人体质的运动方式的作品。

还可以说，这是描写越南咏春拳门派的第一部作品，我们期待今后还会涌现出更多描写这一独特武术门派的作品。

在此谨郑重推荐给读者！

越南青年出版社

序

我无意写一本小说，因为我不是专业作家，可以用诸多想象和虚构去创作；我也不想用日记的形式来记述，因为那样的话，读者可能不会对那些他们并不熟悉的人物的个人生活经历抱有兴趣。

然而，也不知道出于何种因缘，从2012年9月起，我强烈地产生了一种要把自己从老师那里听到的故事用笔记录下来的冲动，要把30年前，以及15年前，我的老师吴士贵——亦称贵老师生前在不同时期对我讲过的有关他和阮济公老先生的故事，以及提供的资料记录下来。

阮济公老先生，是一位在越南武术界被多人提及和敬仰的人物，我没有搜集到记载这个人物的资料，恐怕连他的师父辈也不曾留下有关这位特殊人物的任何资料。

作为晚辈，我曾得到吴士贵老师严谨的教

导，本人也自认为是个好学且敬重前辈的好学生，能够通过倾听别人讲述的故事增长见识。而这一切，都是人生课题的要义。

回顾往昔，阮济公前辈的诞辰已经一百三十多年了，吴士贵老师呱呱坠地至今也已有九十多个春秋，而我们泣别他老人家也已经过去了十余载。我告诉自己，是时候去做这件事情了。

书中记述的前辈们在漫漫人生路上留下了各种传奇故事，我们兄弟俩是许多事件的见证者。之所以写这本书，我的愿望很简单，那就是给越南武术界留下一份小小的礼物，并以此敬献给尊崇济公先生为祖师爷的同门弟子，敬献给曾经就学于吴士贵老师的同辈兄弟，以及如我辈无幸谋面但正在或将要传承这门学术的门生。

这是一本讲述流传于越南的，具有代表性的两位人物两代相传的咏春拳武术的书。

我将其定性为一本资料性的拳书，所以我把忠于史实置于首位，唯一遗憾的是前人留下的资料有的还不够翔实。再者，本人非专业写手，在遣词造句方面不免显得粗陋，唯独不缺对前辈的思念，对晚辈的期盼和把武术发扬光大的强烈责任感。对于本书中的瑕疵，尚望读者多多包涵和指教。

陈越中

2012年秋于河内

目录

第一部分

宗师阮济公

第二部分

吴士贵老师

第三部分

尾声

第四部分

作品余音

本书作者陈越中

我们曾经生活在如兄弟般美好的师徒关系之中，学习武术是为了以教育、建树一代人的，而不仅是为了拥有高超的武功。

武师　陈越中

第一部分

宗师阮济公

雁渡寒潭，

雁去而潭不留影；

风吹疏竹，

风去而竹不留声。

第一章　漂泊人生

阮济公老先生1877年出生在中国广东佛山，1959年殁于越南西贡，享年八十三岁。后人尊崇这位老先生，遂有其许多传奇故事流传，并尊之为越南咏春拳武术门派的宗师。在本书有限的篇幅里，我只能把济公老人同贵老师讲述过的故事记录下来，作为真实史料留存。

济公老先生于1938年来到越南，给一户姓甘的华商当管家。这户华商的经营范围覆盖了河内、海防、中国香港、中国内地、西贡等多个地区。济公老先生的到来有点特殊，有别于为了谋生而迁徙到越南的其他华人，他是因逃避一宗可能遭当地政府严判的官司而不得不离开祖国，漂泊他乡。这一年，老先生已六十岁。

根据老人的讲述，他还在壮年的时候，就给人家当保镖，专业护送一些长途运输的贵重物品。那时候他的才华、威望和本领，在武林和江湖上已相当闻名。这个时候，热兵器已经出现，枪支弹药比起传统武术来说杀伤力可要大得多。保镖行业是个高危行业，每次在路上遇到有组织的匪徒拦路抢劫，都要面对生与死的较量，谁也不知道，已有多少条性命在老人的双刀和枪口上终结。老人只是说："他们只因死于贪婪。"那时贵老师年纪还小，只是戏说"师父斩了不少人。"

辛亥革命（1911年）那年，济公才三十岁，他有一颗爱国心，又有本领，而且已颇具名声。看到祖国大地被列强蹂躏，济公参加了反对外来侵略的武装组织，不是那些争权夺利的政治组织的正规武装，而是一些仁人志士组织的自发武装。

济公老人讲述过这样一个故事，贵老师一直铭记在心。那是在福建沿海打的一场“放椰果”仗。那天中午，他们用几十艘木船运了一批干椰果投放在沿海一两公里长的近海岸处，下午潮水开始上涨，至黄昏时刻，潮涌起伏的海水中，一个个漂浮的椰果就像是成千上万的军队正向岸边游动。敌人发现后紧张地准备迎战，随着潮涨潮落，这些椰果也时进时退。天色渐渐暗下来，敌人也显得越来越紧张，这时济公突然发出进攻命令，岸上和埋伏于海上的部队同时出击，前后夹攻，敌方腹背受敌，陷于埋伏之中，枪声四起，众人挥刀砍杀，在已经降临的夜幕中只听一片喊杀声，经过一番厮杀后，济公号令收兵，这场战斗没有带回一个降兵，也就是说，敌人已被杀得一个不剩。

可能由于当年贵老师还正青春年少，因不是同辈人，济公老人也不便同他讲述太多自己经历过的那些浮沉往事。但贵老师基于对济公老人的了解，常常用尊重、崇敬的语言同我们讲述老人家那些堪称榜样的故事，而我们在这些讲述中，不知不觉、潜移默化地学习着。贵老师说，济公老人可以被称为“一位哲人、良医，一位武师，一位军师，同时也是一位相术师”。真有意思，在一个人身上竟然汇聚了那么多的气质和才华，这只能是一位有深厚积淀，受过高等文化教育，有着丰实人生阅历，加上天资聪颖的人才能具备。后人往往从武术的角度崇敬这位老人，这就把一个全面的人看窄了。

济公老人曾说，他还有一个弟弟（后人确认其为名师阮奇山）

也武艺高强，但兄弟分手已久，连贵老师跟随老人学艺多年也未曾闻其音讯。按照甘家的重要成员甘叔强的说法，济公老人之所以来到越南，是有位可靠人士早年同甘家有过约定，并为他的出走作了长时间的充分准备。老人家是凭着自身的名望、见识和阅历，作为甘家的一位经济谋士和家庭教师的身份而寄身的。

在越南生活了若干年后，济公老人对越南的城市生活已有所认识，逐渐同当地华人和越南人有了更广泛的接触，经常打交道的越南人多为同甘家有生意往来的资本家或商人。这个时候，济公老人已有了一个七八岁的女儿，他常戏言“也是修行多年才得了她”。老人有一个寡言少语的妻子，每当有客人来访或是老人同学生交流的时候，夫人都回避。听说到了1950年，老人又得了个儿子。

才过了几年平静的日子，又遇上日本军队入侵印度支那地区，加上之前饱受法国的殖民统治，人们的生活日益颠沛和紧张。此时的中国，凡是日本法西斯所到之处，都播下了仇恨的种子。出于对敌人的仇恨，凡是中国人，都在想方设法反抗这些法西斯分子。

越南的情况就不太一样，之前越南是法国的殖民地，所以在这里主要是法日之间的对立。没过多久，1945年8月，越南爆发了八月革命，越南独立同盟领导全国人民奋起夺取了政权，建立了一个崭新的国家。此时，各种传闻越来越多，包括法国军队要再次入侵占领整个越南。1946年秋天的一个晚上，贵老师正在自己马尾街的家里，突然来了一位华人男客，对老师说：“为了避开将要在河内发生的枪战冲突，济公老人准备迁到南方去，他叫我告知你早做准备，好同他老人家和好友甘叔强一道走。”说罢递过一套黑衣裳给贵老师。同济公老人相处多年，老师心里明白，一旦接过黑衣就意味着答应一起南迁，不接则表示拒绝。一边是师徒情，兄弟义；

一边是父母恩，男儿志，在这个重要抉择关头，该选择何方？贵老师心里也清楚，自己尊敬的师父活在乱世，却无法展露英雄本色，被迫背井离乡远走他方。到了一个新的地方才八九个年头，刚刚安定下来，为远避战乱又不得不收拾行囊迁往他处。此时济公老人已年有七十，盼的只是过个平静日子，身边有几个知交足矣，这是老人家第一次萌生南迁的意向。

之后，战争爆发了，一直延续了九个年头。从1946年至1954年，战事拉锯于越军与法军之间。早期，法军在兵力、武器方面都占绝对优势，企图一举歼灭越南政府军，甚至一度打进越北首脑机关驻地，而越南军队方面，则经历了防御、相持直至反攻的各个阶段。那时城里的人，依然可以从事各种商业活动，只是困难、障碍不少。这期间，济公老人仍然生活在河内，处在这种环境下，不管生活在河内还是西贡，又有何区别呢！

任何一场战争，都有结束的一天。1954年，越南军队在奠边府一役打败了法国军队，国际社会为解决越南问题达成妥协，越南被分割为南北两个地区。北纬17度线成为切割越南领土的一把刀子。此时，老人家已七十八岁，又一次面临选择，到南方还是留在北方更适合自己？最后老人决定南迁，随同甘家人一道迁到南方，生活在西贡。

世事本就如此无奈，谁能完全自主选择自己想过的日子？这事到此还未结束，因感到生活在南方可能会有诸多变数，甘家又决定迁往美国。这又是一次重大的迁徙，完全是到了一个有着不同文化的地方，老人家只好再次跟随甘家到了美国。可是到了美国才发现，那里的生活同在中国、越南完全不一样。那里的人多半只为自己活着，并不怎么关心周边的人，你想见什么人，要先联系预约，同我们东亚人完全不一样，这样一来，老人家原来的处世风格、积累的生活经验，在新的环境下都不适用了。如果留在美国，充其量也只能在城市当中狭窄的华人圈子里过日子，还必须重新建立和适应新环境下的各种关系。思量再三，老人家决定离开甘家，回到西贡。从此，老人家结束了和甘家一同度过的将近二十年的患难日子。

到了晚年，因年事已高，老人家以自身拥有的医学知识和武功为慰藉，过着简简单单的日子，于1959年辞世，享年八十三岁。

早年拍摄的阮济公老人

缘分

了解华人社会风俗、文化和传统的人都知道，得到过别人的帮助的人，是不会忘记别人的恩德的，这叫“受恩莫忘”。教育子女最好是家中有个好老师，叫做“家有良师”；要想事业兴旺，最好身边有个好参谋，所谓“贵人相助”。

济公老人1938年来到甘家，为这个家竭尽了心力，也是理所当然的事。甘叔强，这个家庭的长子，当时正值青春年少，学习十分用功，一旦家有良师，这个勤奋的少年定会得到更好的训练，有更多的收获。这算是一个特例，完全有别于济公老人后来教授过的其他弟子。

除了在华人社会的学校就读，甘叔强还就读于法国人在河内开办的学校。作为商人家庭出身的孩子，他更注重学习西方尤其是以法国为代表的西方文明，为日后扩大同商界以及法国官员交往打下良好的基础。与此同时，他还学习时尚的音乐创作（当时正是越南音乐人开始接受西方音乐，并催生了战前越南浪漫音乐文化的年代）。

甘叔强一家信奉天主教，正是这种机缘的安排，使他和阿贵在1938年走到了一起。阿贵从小就有音乐天赋，自小学习小提琴，还在年少的时候，他就已经加入教堂的乐团，担当一定角色。阿强主动结识阿贵，希望向他学习西方音乐。正值青春年少，能够有同样爱好音乐的知心朋友，还希望得到自己的帮助，阿贵何乐而不为。阿强还向阿贵吐露:“我正在家中从师学功夫，学这些玩意儿要成双成对才好练习，你想学吗?”阿贵一开始心想，我这个人喜欢自由自在，不愿被某种规矩约束，可又一想，身为男儿，学会功夫也是件快活事，便说:“我到你家看看我合不合适练功再说吧!”

阿强回家后同师父讲了这件事，说:“我有个朋友小提琴拉得很好，我请他帮我学音乐，顺便想请他过来同我一道向师父学习功夫，师父肯接受吗?”师父听罢喃喃自语微微点头，既没说同意也没说不同意。

按约定时间，阿贵来到阿强家，聊了一会儿音乐，阿贵还顺手拉了会儿小提琴。这时有位年约六十，中等个头的人进来，阿强随即站起身来，向这位男子介绍道:“这是我的朋友，叫阿贵，就是之前我同师父说过的那位。”阿贵也站了起来礼貌地向师父打了个招呼。

贵老师后来回忆，这位老人头顶已有点秃，面部扁平，显得冷冰冰的，他步履轻盈，上身穿着横排扣的长袖衫，下面穿着一条棉布裤。老人看了阿贵一会儿，用很不标准的越南话问道:“想学武术吗?”乍一问，阿贵还真不好回答，因为尚不知老人身手如何。但由于有了思想准备，只好答声“是”。济公老人接着说，“跟着来。”接着，老人展开手脚来了一段“手头拳”，叫阿贵跟着做，阿贵模仿了几遍这些动作，看来还跟得上，老人的动作逐步加快，约一分钟后停了下来，之后不言不语地走出了房间。阿强看出了师父的心思，对朋友说:“师父正在评估你呢，有什么意见我会告诉你的。”之后两人分开。

随后阿强通报:“师父说你可以学功夫。”经过商量，阿贵每周抽三个半天到阿强家，先学功夫，然后一起学音乐。关于音乐，没有多少好讲的，贵老师说，除了甘家都比较喜欢的几支颂圣小曲，阿强还喜欢十七至十九世纪西方的一些古典音乐，两人经常交流的是有关音乐创作的方法问题，最后阿强总算学完音乐创作课。音乐只是起始把两位少年联结在一起的东西，武术才是他们联结多年的纽带。

济公老人并非以教武术为生，参与甘家经营活动的管理和监护才是他的主业，贵老师说："哪一周能得到三次学习机会就高兴得不得了。"每次老人只教几分钟，之后便由两兄弟自己练习，甚至有时老人整周都出差海防而不在河内。

可以说两兄弟几乎同时跟师父学武，但实际上师父教阿强的时候更多一些。这也好理解，一来这是他的本分，二来他们同住在一起，什么时候方便，都可以随时叫阿强来学。年纪大了的人本来就是这样，时间越来越少，只担心未能完成自己的本分。正因为如此，这成了贵老师必须更用心向阿强和师父学习的决定性因素。

这个时期济公师父十分谨慎，在华人社会当中，除了甘家人以外，老人家不向其他任何人传授武功，更别说是越南人了。

少年人往往因爱好相同而亲近，彼此间也难以掩饰各自的心思。经过两年同窗学艺，一天，待练完武术休息的时候，阿强向阿贵吐露："你第一次模仿师父拳法的时候，师父后来对我说，你是个很会学的人，所以要少教你一些。"阿贵听后说："那就是说，如果我学得差些，师父会教我更多。"说罢两兄弟都会意地笑了起来。

果真如是，在学术领域，师徒也好，兄弟也罢，人的心理活动总会有这样那样的东西。但是，相处的时间长了，所有的道义都会暴露无遗，"久不能眠，方觉夜长"，有些从多年避险实践中悟出的拳法，老人家只传给了阿强，而绝不露给其他人，阿强却偷偷给阿贵点拨，阿强总觉得不向阿贵讲讲，实在有点对不住朋友。而每当学到这些绝招时，阿贵都打心底里表示自己的感激。人世间就是这样，只有同声同气的人，才会有如此有益的交心和相助。

无论徒弟如何偷偷地掩藏自己的所作所为，都无法瞒过师父那双犀利的眼睛，每当看到阿贵被逼入绝境时使出的招式，老人只是默默地看在眼里。那些武艺高强的师父往往都是这样处事的。

每周都有一节课被安排在晚上，当上完一个半小时的晚课之后，老人常常带着两位学生出去逛街，然后去到一家河粉店或面店，老人最喜欢吃店里的炖骨老火汤，捞出煲得软烂的带肉骨头，蘸着稍带酸甜味的咸酱汁，边吃边喝上一两盅小酒。两个年轻人不喝酒，就把撕下的肉就着生菜和葱头一起吃，既简单又家常。一天的忙碌和习武过后，师徒坐在一起吃点喝点，特别温馨。考虑到时间已晚，吃得多了反而难受，每人最后喝上一碗汤或白粥就算了事。老人此时常常不言不语，时而望望两个学生，时而望着远处，偶尔喝上口酒，也不管杯中还有多少，无人发出声音，只有往事在脑海中盘旋。面对眼前的两位青年，老人可能想起了当年自己是如何得到名师传艺的情景。老人没有多喝酒的习惯，但食欲特强，练功肯落力的人，身体也健壮，故“纳入”也多，贵老师回忆道。

一年又快过完了，到了除夕那天晚上，街上的鞭炮声噼噼啪啪响个不停。贵老师也往往盼着这个特殊的夜晚早点降临，好早点去阿强家。这个时候济公老人有个习惯，就是要给两位弟子送份特殊的压岁礼物。每逢这个年终的夜晚，家中所有成员，男女老少，连阿强的父亲也不例外，都要围坐在一起，济公老人和阿强、阿贵则坐于客厅饮茶。到了新旧两个年份交接时分，老人对两位弟子说，今年的“压岁礼”是武功，只要能学到手且会运用，就能化险为夷，保住性命。每年老人都会重复“会用就不会死”这句话，以告诫他们。一连好几年，每年都有一份压岁礼。第一份礼物是一套五形综合拳，第二份是气功，第三份是兵器，第四份则是在合适的时候带他们出去体验江湖生活。

每一年，济公师父都为自己的生命因减少一岁而增加的年轮留下一点标志性的礼物，而对于学生则是在学术和强健体质上更进一步。到1942年，阿强和阿贵跟老人家学武已有四个年头，两位学生也从少年步入青年，各有各的家庭和事业。阿贵依旧经常过来看望师父，还和阿强一同练武，但次数已逐渐减少，两位青年人见面的时候，谈论更多的是人生。

中国功夫，还是咏春拳？

学艺的人往往对自己老师的形象和人格印象深刻，贵老师也不例外。济公老人在日常生活或教授武术的过程中，对问题的答疑内容以及处事方式中，都包含着他对武术或人生的见解，而这一切，都已深深地刻在贵老师的脑海中。照惯例，每当老师接纳新生的时候，往往会从这个门派的称谓、祖师爷以及先辈的故事一一讲起，让学生们懂得它的来历，使他们感受到这个门派创始人的功德，传承这份学术遗产，再传给后人。济公老人则不一样，开始教学及整个教学过程中，从不提及这个门派的名称，阿强也好，阿贵也罢，有时很想让老师解答自己的疑问，老人却只是说："学了就知道了。"果真如此，两兄弟当年只知道自己在学习中国武术，至于是哪个门派的武术，都是全然不知。直到后来贵老师被派到中国，在南宁越南子弟学校教学的时候，有了机会到中国各地参观，才知道有个咏春拳门派最接近也最像自己学过的拳术，虽说其招式和内容不尽相同。

习武过程中有些禁忌，济公老师要求阿强和阿贵铭记在心，比如不得提及老师的名字、不夸口自己会武功、不得比武、不得打人。至于为什么要定这些规矩，老人解释："不露老师名字，是为了保护老师；不夸口，是为了避免招来忌妒的麻烦；不比武、不打人，是为了保护别人。"这属于处世课。从身份上讲，他从不以掌门人的身份去传弟子，也不设传授武术的专业武馆。老人是位有名的拳师，这一点早为社会认可，但是，老人家为什么不讲清楚是什么门派呢？关于这一点，后人无法找到答案，这个秘密也只好随着老人离世而永远被封存。

最有说服力的解释是，老人是一位武林高手，至少在广东地区是如此，他在人生的道路上，曾留下不少恩恩怨怨，忌妒者有之，仇恨者有之，找上门来要同他比武者有之，也不乏愿意追随他，做其学生之人。因此，老人躲避到一个陌生的地方隐姓埋名。他之所以对自己的学生约法三章，无非是不想让别人知道自己已经到了越南。

在教学过程中，老人十分惜言，但在遇事时也能区别对待。他的教学方法是把“示”与“告”结合，“示”是教你如何动作，“告”是给你解释其学术含意。老人只是把教武术作为日常生活中的一部分，并没有把它当作一定要完成的任务。

从1941年起，老人扩大了在越南社会中的人际交往，多教了一些越南人学武。老人说，“这是外交嘛。”对阿强和阿贵两位少年，他在传授的时候说话甚少，看到他们领悟了，就立即停下来。在学习新的课程之前，老人都要把已学过的知识综合总结，这种教学方法利于学生巩固学过的知识，也很清晰连贯有利于学生更快地进步。

除了上面说的这些规矩，老人十分忌讳外人观看自己的教学和练习，一旦来了客人，学习立即停下来，如果客人一时还不离开，就干脆终止教学。老人常说：“不要让陌生人知道我们正在练习拳术。”这种习惯，后来贵老师也一直遵守，直到我们这一代也不例外。

在练习过程中，有一个要素称色态（另外两个要素分别为快慢和轻重）。老人常常出其不意用“神”，比如，正当练习轻柔舞动的动作时，老人会突然从喉咙里发出由轻到重的颤音，双眼炯炯有神，这时意味着马上就要有凶猛且令人窒息的虎拳扑过来；有时见到老人转动双睛，两手如铁钳般夹住学生的双手用力摆动，如躲不及被抓住，你会感到一种难以承受的强烈抖动。这是老人让你体验龙拳来袭时的情景；有时老人呆立不动，让人以为是出了什么事，当学生走近察看时，会立即挨上几拳，看似十分诙谐。老人说，这就叫做“色态”。练好了，往往能起到出其不意的效果。

学习的人，尤其是学武之人，都迫不及待地想把自己学到的东西拿来试一试，看看自己究竟学得怎么样，从心理上讲这是可以理解的，但从学术上讲，刚学的知识难有立竿见影的效果，这种“试一试”可能会给自己甚至对方带来危害。

当授第一节课手头拳的时候，老人要求动作要轻，要慢，要正确。如果学生动作稍快一点，老人会瞪着眼说：“不行不行。”到了第二节课学气功，老人要求动作更要轻、更柔、更圆润。学武却不能“打”，确实单调乏味，似乎在考验学生的耐心和毅力，年少气盛，却被要求反其道而行之，阿贵有点想不通，有一次竟问“师父不教我们打吗?”阿强和阿贵互练的时候，往往也提出同样的问题，但都得不到师父的答复。好了，这次师父招呼阿强过来同师父过招，才两三个动作阿强就挨了一记耳光，疼痛难耐。接着老人转过身来同阿贵交手，阿贵吸取了阿强的教训，十分警觉，结果也才两三下，就被师父反手一个巴掌，同样痛不欲生，这次阿贵是挨在鼻子上。老人问：“知道消有何用?”两兄弟无言以对。老人说：“消是为打。”记住了，消得不好，打也不行。啊！原来老人还未教到“打”这个阶段。这句话，贵老师一直铭记在心，并一直运用于后来传授武术的整个过程中。

老人还说："这门武术不是用作表演的。"他所教的整套系统、各节课程、各个练习步骤，都不许拿去表演，甚至不让外人观看，很少有人能做到这一点。如果到处拿去对外人显摆，是要犯老人的大忌的。当然，有时为了增加生活情趣，也有一种形式可供表演，那就是舞动绸带。老人挑选十条长约一米的青、红、黄、白、黑五色绸带，每只手各握五条，盘于席上，然后从根部开始抖动绸带，十条彩带随手舞动，犹如波浪翻滚，直至全都竖了起来。老人双手不停抖动，彩带活像一束五彩缤纷的火把。这还没完，此时，老人的身子徐徐站起，继续调整绸带抖动的频率。这看上去似乎不怎么费力，但只有自己试上一试，才知道这个表演对力气的要求有多大。

到了教五形拳的时候，为了讲解"五形"的细节，老人除了讲每种形的主要特征，尤其用于拳法时如何使其发挥威力，以及练的时候如何把握住其不同特点之外，老人还用直观教学法。龙，当然只能发挥想象，虎和豹在家里也观察不到。讲到鹤形，老人往往带他们观鸡斗，叫他们注意观察两只鸡的脖子贴在一起时，或压或啄，或夹住对方，或用爪踢，尤其是狠狠地高踢，只需一下对方就受不了。老人对鸡在出手时仍能保持平衡十分称道，并十分赞赏鹤夹着双翅蹬对方，或是夹着翅膀打转转的动作。对于这种直观教学方法，贵老师一直忘不了。

最有趣的是蛇拳，老人吩咐卖蛇人一定要等到蛇发情的时候再送蛇过来。一条母蛇，两条公蛇，各关在一个笼子里。等到要观察学习的时候，老人把公蛇放在母蛇旁边，这物也怪，视力甚差，感觉却很灵敏，能立即发现旁边有条母蛇，便一直贴着笼边想方设法地想爬过去。老人拿一根竹竿，上头安块小木板，用棍子捅蛇，看蛇是如何躲避竹竿，避免挨打的；有时又用竹竿的一头压住蛇头，看它是如何翻滚身子的。老人讲解道，要学蛇如何躲避对方的攻击。一旦蛇被激怒准备啄咬的时候，老人要求学生留意蛇是怎样滑动爬行的，说这叫“脚不离地”，可以用在紧急的时候。

当两条蛇真的打斗起来的时候，那才叫精彩。老人会叫卖蛇人把两条公蛇关进一个笼子里，仍把笼子放在装有母蛇的笼边，两条公蛇同时抬起头来，左右晃动，快速地吐着舌头，接着相互啄斗，蛇类如果攻击异类，往往会咬住对方施放毒液后立即松开，被咬的一方很快就会麻木。但由于是同类，两条公蛇都能十分灵敏地避开对方的啄咬。老人常用“摇”的说法，来讲解两蛇相斗。一条蛇使尽全身解数贴住对方，然后扭动、压迫，两条蛇本能地扭在一起翻滚，都企图压倒对方而取得优势。老人说，要记住它们是如何翻滚和扭曲身子的，一旦有一条咬住对方的颈部，不松口，释放毒液，翻滚的速度会逐渐慢下来，一条保持压住另一条的姿势，另一条因中毒而不断抽搐，直到两条蛇都躺着不动了，一条已死，另一条也已精疲力竭，最后，等蛇身发软了才会松开。

在几年的学习期间，贵老师多次是这样学习，这样听讲解的。每当给我们重述的时候，老师常常这样吐露自己的心得：“真的，真是百闻不如一见。”

济公老人还有一个特殊的教学方法，一旦看到学生学得差不多了，照老人的说法就是，学员对身手步法的消打已运用自然，已经“通”了。他就会叫两人各站一边，相隔三四米远，自己坐在一旁，他说，站在能接触到的位置打斗是常规要求，练武的人都要学。而站得相距较远仍然能打斗，这叫“隔空打”。不要以为隔得远，爱怎么打就怎么打，“隔空打”也有讲究，同样能够分出谁输谁赢，而且更显其美、其优，能分得出动作是否合理。乍一听，很不好理解。

老人叫阿贵先出手，阿强化解并反击。阿贵飞脚踢向对方下部，阿强旋脚接住并斜向回踢，同时挥手使出鹤斩，这样不断来回，两人互打，却没碰着对方身子，速度越来越快，手脚忽上忽下，忽左忽右，时进时退，舞动神速。老人突然发话说："阿贵挨打了。"一会又喊，"阿强挨了。"只须坐着观看，他也能看出谁挨打，谁输谁赢。

有时候，老人站在一个角，阿贵站在另一个角，老人一出招，就踏出了三四个马步，阿贵还来不及调整自己的马步，就已被绊倒在地。轮到阿强进攻，老人打了几路蛇拳，突然停下来，问："不知道挨打了吗?"阿强老实承认未看出来。老人说："我已打过了，如靠近打，你就会被打翻在地。"老人出手十分利索，手已出拳，而脚不露势，所以两位学生都看不出来。这种打法十分抽象，学的人要到了一定水平才会运用，练习互斗时要有更高明的第三者才能分出谁输谁赢。老人说："要学好隔空打，必须做到化身入形。"

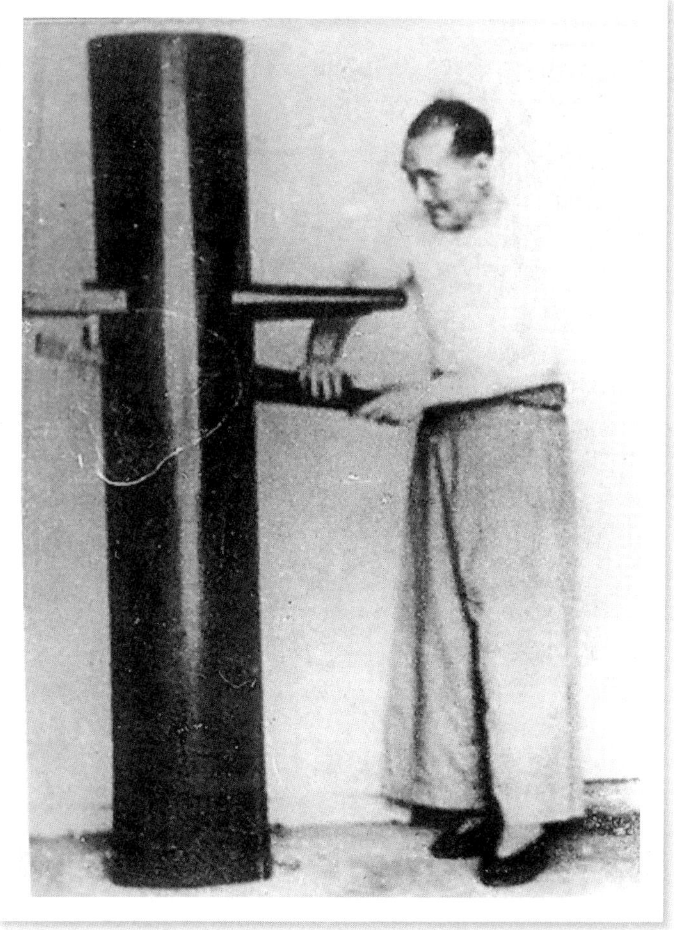

阮济公老人早年在木人桩前练功（一）

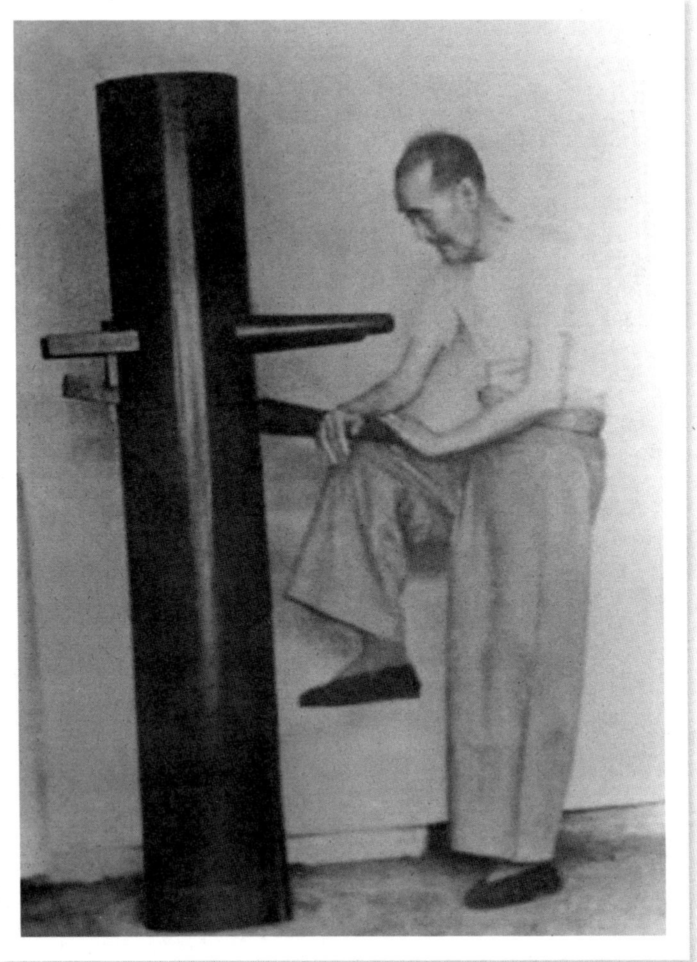

阮济公老人早年在木人桩前练功（二）

阮济公老人在木人桩前休息

学练使用兵器

学生掌握了拳术的基本知识后，师父会按照进展情况逐步增加学生的学习时间和苦练程度，并开始进入兵器使用的教学阶段。

按传统习惯划分，武术包含拳、脚和兵器，拳脚打好基础，兵器的运用才会纯熟。由于兵器的杀伤力比拳脚要大，所以进入这个阶段，师父要求学生学练时动作要慢，要认真。空闲的时候，学生可以随便嬉戏，但一旦开始练习就不一样了。练拳脚时，精神要认真集中、平和、严谨，到了学兵器阶段，师父的要求就更严格了。

齐眉棍

一天，师父看阿强和阿贵练齐眉棍。两人双棍相交，马步方正，动作协调，身手步法和兵器已能同步。老人说："照这样练就可以。"老人叫阿贵同自己对练。老人使棍，阿贵用拳，这是练空手对兵器。老人落棍利索，只见棍子绕着阿贵的身子旋转，时上时下，忽左忽右，有时还会来个突如其来的攻击。阿贵被迫不断移动，保持距离，避开棍子的攻击。棍子攻击点变化多端，时而正面，时而背面，有时击肩，有时击胸、丹田、下体，最难受的是棍子落在膝盖或脚板上。

练棍的方法十分简洁，并不是眉毛胡子一把抓，而是精练。老人用棍捣胸，阿贵侧身使棍子滑向一边，正好碰着棍了，阿贵立即双手抓住棍子压住，还不错，消解了一次挨打。接下来呢？此时老人已贴近阿贵，双手松开棍子，阿贵连吃了三拳，一拳着脸，一拳着胸，一拳着丹田。阿贵由于手中握着棍子，无法消解突如其来的猛拳。老人说：“要记住，学会兵器和拳法并用。”

一天，两位学生正在用棍子互练，两枝藤棍上下左右翻飞，噼噼啪啪的碰撞声响个不停。老人叫阿强把自己的棍子拿来，看样子又要教新招了。老人有个习惯，一旦看到学生所学的东西掌握得差不多了，就会停下来，练习的事以后由学生自己去做。老人会教你新的招式，利于学生将新招式与已学过的知识配合运用，这种教学方法不多见于其他师父。看到老师手执棍子，学生倒还以为师父要来个一打二的练习，其实不是，老师叫两人各站在一扇门的两边，老人从外面进来，说谁能击中他就获得奖励。这看似十分容易，也能算练武吗？但是，同老人相处的日子久了，两位学生都懂得，看似十分容易的事，做起来却往往很难，至于有些看似很难的事，做起来反而简单。两人随即躲在大门洞开的两扇门的后面，紧贴墙壁，精神高度集中，随时准备出击，心想，能让师父奖赏该有多爽啊！

正值申时过渡到酉时，夕阳的光芒还有些耀眼，照在天井的地上，折射入屋。此时，老人已经靠近大门，两人屏住呼吸，两根棍子如上了膛的枪，只等扣扳机了。忽然，老人的脚从门缝伸了进来，“啪”“啪”，两根棍子几乎同时击出。棍子击中地板，却不见老人脚的踪影，两人正在丧气的时候，那只脚又倏地出现了，踩着两根棍子末端，老人随之踏步进来，看着两位惊呆的徒弟说：“输了！”

不要紧，输了重来。老师从不缺教给弟子的招数，尤其是对那些明事理的学生。斜阳扫过窗口，天色又稍暗了下来，这一回，两位徒弟显得更加小心，更加警觉了。只见一只左脚伸了进来，两位学生心里明白，都不急于落棍，上过一次当不会再上第二次，不见室内动静，那只脚缩了回去，头却伸了进来，“呼”“呼”两根棍子同时飞快地击向目标，扑空了，老人的头并不在那里，当两根棍子往下砸的时候，老人的身子已经闪入室内，“又输了！”看着两位学生面面相觑，茫然失措的神态，老人心里正爽快无比呢！

不要紧，继续玩。虽说学生还在学习如何运用，老人仍想方设法帮助学生懂得“具体”行动背后的“抽象”道理。两人再次站到两扇门背后。已经输了两次了，老人这次又要使出什么新花样呢？只见外面传来老人的声音：“我要进来了。”为了提高学生的警觉，老人正引导学生进入“虚虚实实”的状态。看不到门外光线有什么变化，却只听声音越来越近，看来师父又在玩什么新招了。果然，老人又出现在门洞处，因老人弯低了身子，所以看不到光线有什么变化。“啪”“啪”两根棍子又同时砸下，正砸中老人的腰部，老师也不能总是耍招数骗徒弟嘛，这回他们可真是打中了！老人却徐徐挺起身子，站在两位徒弟面前：“又输了！”——虽说都打中了，但并未击着肉体，而是击在师父搁在背上的那根棍子上，也就是说这一击又被老师的棍子消解了。

之所以讲这些故事，贵老师是为了告诉我，老人的感觉非常灵敏，不管情况如何千变万化，老人都能把握主动，应对自如。

刀功

中国人武术用的刀，越南人叫“瑶”（音译），在越南人的观念中，刀比“瑶”要大。但它们其实都是一样的东西，这就很奇怪了。先不管怎么理解，越南人都把刀看作是一件较大的兵器。济公老人教学刀功的时候，光是学握刀、出刀、翻刀，就要学足一年的功夫。之所以要花很多时间把它练得纯熟、圆润，不是因为这些动作难度大。老人说："若拿刀而不会用刀，会伤害到自己。"果真如此，练刀功从一开始就要掌握好其变换，如避、贴、随等基本功，因为刀功是伴随柔拳运用的，而刀是硬兵器，所以要运用得十分精准、正确。刀身长约35厘米，根据使用者身材高矮、手的长短而有所变化，刀把长约10厘米（根据用者手掌大小而调整）。这样，全刀长约45厘米。老人问学生："这刀和棍相比，哪个更长?"齐眉棍长1.6米，两刀相接只有90厘米。老人接着说："刀比棍长。"老人手握双刀向两边伸直，棍子长度是固定的，而双手握刀伸直后两端相距2.3米，老人又说："这是在使用兵器，而不是比较两种兵器的长短。"

学刀功的时候，关于练刀的故事还真不少。老师用的是真刀，学生用木刀练便于慢慢适应。开头，师父用刀压住学生或直捅的时候，阿强和阿贵都被吓出一身冷汗，因为师父的两把刀无论是砍是捅，动作都十分迅敏捷。但师父的刀只要触及太阳穴、咽喉或腹部等要害，刀会立即停住，或轻轻击打木刀，不会让人觉得痛，更不会碰出血，可见老人的刀法已出神入化。

贵老师回忆，有多次自己曾用刀挡住师父的刀并往下压，却突然又被刀把撞着嘴巴或喉咙，原来师父已经把刀反转，化长为短。当用棍来对付师父的刀时，老人的刀会贴着棍子顺着滑行，当触及手指时，却发现过来的是刀背，若是刀口，手指就会被削落。刀功不仅用于对战，日常生活也用得着。一天晚饭后，师徒正热烈讨论练功的事，老人突然拿来双刀，哥俩看着还不知道老人要干啥，师父从不在饭后教练功的啊！师父站着手握双刀，望向两位弟子，然后入席。桌上摆着一盘饭后水果——山梨，老人用双刀夹住一个梨往上抛，用左手的刀将它接住，然后用右手的刀给山梨削皮，山梨沿着刀口滚了一圈，果皮已被削下。然后老人又用刀夹住梨子往高处抛，梨子轻轻落在老人右手那把刀的刀尖上，老人把刀移到阿强面前，说声："吃吧！"然后又重复一遍，这次把梨子给了阿贵。就这样，老人的手没有碰到梨子，但一盘山梨的皮都被削完了。最后，老人用刀插上一个自己吃。看吧，刀法用在生活上也挺有乐趣。

飞镖

老人教授功夫，是以功夫的不同距离和杀伤力来加以区分的。其次序是：拳脚—兵器—暗器—弓弩。学到那一步才讲解其价值、意义、效力和限度。如用拳，最多可以对付15个人；兵器可对付30个人；暗器比兵器的打击目标要远，可达5~10米；弓弩更远，可达10米以外，但不超过100米。在世上，人们往往夸大和神化武术的技能，把常人可以做到的技巧神化，时常显得荒唐，使初学武的人感到困惑迷茫。

镖被列入暗器，这一招式属"风"。今天，我们已很少看见甚至看不到人们用镖了，因为有了枪，有了子弹。然则以前在江湖上行走，镖是非常普遍被使用的暗器。这里要讲清楚一点，以前人们讲走江湖，讲究的是生活自由自在，即便有时穷困潦倒，也依然十分风光、豪爽，讲义气，完全不同于那些杀人越货的流氓地痞和帮派，后人却往往从贬义的角度去理解江湖。对于武艺人而言，镖属于暗器，只在不得已时才使用，如用镖攻击对方而不提前示警，则被视为非王道行为。武林中的正人君子，只在被逼入绝境时才使用。所以，前人谓之：“君子用拳术，压倒用兵器，迫不得已用暗器，意想不到用弓弩”，劝告学武的人遇到不同情况时使用不同手段。在世上，谁又能预知什么时候会面临“迫不得已”的情况呢。所以老人只是告诉你，只有在迫不得已时才能使用暗器。

镖有多种，长短、大小、样式各不相同，构造也各异。不同门派，不同的人使用的都不一样。老人惯用锥形镖，能数镖齐发，镖身藏于手心，一甩手，可飞出一支甚至四五支，十分危险，如果是浸过毒的镖，杀伤力会倍增。双方交手时，如一方刚一出手就用镖会被视为霸道，因为常人往往意料不到，十分危险。

贵老师讲，一开始，老人不教你出镖，而是先教收镖，学会收镖的话，一旦发现对方的镖飞过来，能收得住，就等于把它消了。老人叫阿强阿贵各执一块木板，然后把捡来的指头大小的石子摆在两边，老人背靠在椅子坐在两人中间，老人从容地捡来石子，甩向约五米开外学生站立的地方，动作清清楚楚。石子飞来，学生用木板接住。练到较熟练以后，老人开始用双手连发石子，速度更快，飞过来的石子更多，等到学生学会同时接中多枚石子之后，老人开始虚虚实实地抛，老人的手越抛越快，时有时无，考验学生更精准的判断力。进入下一阶段的练习，老人叫学生依然手执木板，老人开始甩飞镖，两个学生十分紧张，毛发都竖了起来，因为这回发的可是真镖。只见老人一甩手，金属打造的飞镖径直飞向学生，接近人身时镖头却垂了下来，不会伤到身子，可见老人的手有多灵巧，力度把握恰到好处，避免危险。经过反复练习，学生能正常接住真镖，而且能够把镖收入手心而不外露，老人这才教学生练习发镖，包括练习单镖和一次发多镖的方法，以及练习调整镖的方向等等，等到这些手法都练得纯熟了，老人才让学生拿真镖练习。

练飞镖的地方，必须是无人走动的空旷场所，还要有高墙，对面竖起个稻草人，稻草人身上标记镖点，练习时瞄准镖点发镖。开始时正面对着稻草人练，先练一边手，等熟练以后再换另一边，这是练镖的原则："左右手平衡如一。"做到这一点要花上相当长的时间。经过数周练习，学生发镖已有一定准确度后，开始背对稻草人练，练转身发镖，这一步练完再转入下一步，旋转360度再出手发镖。老人话不多："学了就会懂的，不要问为什么。"等到老人认为，可以了，不必再练了，才会说出一句总结性的话："瞄准哪儿就向哪儿发。"

就这样，练习分为十二个步骤，花的时间也不少，最后才能听到那句带有总结性的话："瞄准哪儿就向哪儿发！"贵老师也承认，不按部就班学，就不可能成功。就算是走一条直路，从一开始也要把方向定好，每走一步都要进行调整，使其不至于偏离方向，比起开头和中间的路段，尾段要求方向更直。

外气

练气有多个步骤、多种方式，以达到多种目的。练气是为做某件具体的事而练的功夫，这里说的外气，即呼气，呼气或吹气要练长吹。出气要直，不散乱，还能主导住吹出的气，吹气时要时轻时重，绝不能吹得呼呼响，吹出的气要聚，即目标定在哪就直接吹到哪。

贵老师说，他有一位老朋友在西贡时认识济公老人，讲过有关老人的故事。那时老人已七八十岁，由于某种特殊的原因，不得不同另一位高手过招。我们知道，尽管老人之前遇到无数次比武，但他从不在意谁输谁赢，谁高谁低。这回被迫过招很可能是从前的恩怨未了，对方找老人报仇雪恨来了。老人答应去，但不多时就回来了，照老人的讲述，人还没有登台就已经结束比试了。我无法想象，如果老人遇到的是一次无法选择但又必须要决出高低的比武会带来什么后果，轻则重伤，而重呢？恐怕是回不来了。老人说，由于对方是老相识，他见面后没有多言，而是长吸一口气，憋足气挺直身子一连发出含在口里的三颗铁珠，铁珠直冲向对面立着的木桩，“啪”“啪”“啪”连着发出清脆的三声，木桩上顿时留下三道痕迹。这证明老人面对无法回避的较量时，显得非常谨慎和老到。我马上想起贵老师曾经讲过这个练习方法。这是比武无法分出胜负时使出的绝招，即用兵器可能造成重伤，而用暗器则不达目的。这些铁珠是在十分贴近对方时才用的，目标就是对方的两只眼睛。不知老人在江湖上经历过多少风浪，才能修炼得可以从容应对任何情况。贵老师也曾讲过用铜管练习吹铁珠的事，说那也是一种练外气的方法。

内气

练内气，要下更大功夫，时间也更长，而且十分抽象。贵老师讲，老人叫他们用一百天左右的时间来学习练内气，整个练习期间，饮食、生活、作息都要严格按照日程表去做，行错一步都会影响练习的效果。河内的生活是比较喧闹的，两位学生又都正处于年少好动的阶段，要进入类似“闭关”的生活，实在是一次大考验。远不止于此，日常两人还要禁忌易上火的食物，按规定吃东西，按计划安排饮食，还要保持身心清静，不得被欲望扰乱，不得生气、发怒或过分高兴，禁绝男女私情，尽管这个年纪都有“能掰断牛角”的力气。贵老师戏言：“我的女朋友可漂亮了，老想约我出去玩，你看有多难啊！”他们每天都要按计划学习，要学内气的运转，使环境与身体保持平衡，从而为后头能顺利自行练习打基础。

有一次，规定的练习时间到了，阿贵过来学习。老人着手检查，神志虽平静，双手却在不停地动，躯体也略微晃动，老人好像极力在寻找学生身上有什么异样，只听他突然发声道：“唉，唉！不行，不行。”老人直视阿贵的脸，眼神并非责备，而是严肃。老人是对的，昨天晚上阿贵在外面玩到深夜，还喝了点酒，所以今日练习时显得气散而不聚，可见老人的功力已能洞察各种细枝末节，连出气是否精准都能察觉得到。听说老人能用内气消解对手打来的拳脚，这种打法，在搏斗时往往会带来意想不到的变化，会令对手因拳法失效而慌了神。

另一次，阿贵向老师请教静手发气的问题。老人端来一盘水放在桌子上，等水面完全平静下来，老人把手置于离水面约10厘米的地方，贵老师看到水面上正对着老人手心的地方凹下去一个圈圈，老人说：“这不是用来搏击的，而是用于治病的。”

练足一百天后，老人叫两个学生暂停练习并作点评：“还做得不够好，要照这个方法多加练习。”老师十分严格，到时间就停止教学，哪怕学生还未学到位，也只能自己练习，反正教学时间不再延长。只有那些有决心、能按正确路径去做、方法对头、态度严肃的人，才有可能获得成功。没有哪一年不是从春天开始，也没有哪一年的春天能够重回。

练好内气会带来难以置信的效果。贵老师讲，有时师徒交手，允许“主客互换”，师父用手，既用力，也用技，让学生跟着学习技法的变化，老师出拳，学生可以随意消解，既然是比武，有多大力气就都使出来，不必顾虑、墨守成规。贵老师有一次在练习中捕捉到出手的机会，便使劲飞脚踢向师父下体，这是险招，踢中的话可致对手立马昏倒，所以互练时往往到此要打住，老人却允许学生放手真踢。奇怪的是，老人虽被踢中，旁人却不觉得他有多疼痛和难受，原来经过运功，老人的蛋蛋此时收缩得似粒花生米，且收入两侧。旁人必须是立着不动的时候才能做得到这一点，而老人却可以在移动中，正在施展拳脚的时候，也能把蛋蛋收于两侧，这才叫绝技。

战马练习

有些武术精髓是经过长期的磨练和考验，乃至残酷的斗争实践，甚至用生命去锻造和总结出来的，但是十分可惜，因社会环境的变化，有些武术精髓已渐渐失传。济公老人传授的棍术和弯刀，是这个门派最常使用的两种传统兵器，老人还教学生学习使用枪、大刀、戟、木盾和马。这些兵器都可以在陆地上运用，但如骑在马背上用，其高度和力度就要强得多，也能发挥更大的威力。老人讲："枪是棍的延长兵器，大刀是比刀更大的兵器，戟同枪一样有尖端，顶上还安有两片锋利的半月弯刀，木盾用来抵挡砍和捅，马即骑马。"

到了济公这一代，骑兵已日渐式微，到了贵老师这一代，又是越南，骑马攻击的方式就更罕见了。尽管如此，师父不仅教学生学习各种有代表性的兵器，展示所掌握的武术知识，还把他们带到野外学习马术。贵老师心想："老师是个全才，学生三生有幸也！"

那年夏天，老人带领两位学生来到沙巴山区。老人早已事先做好准备，他租了两匹马，备好两枝长枪和一枝带钩镰的枪。安顿下来后，老人说，你们爱到哪玩就到哪儿玩吧，中午回来吃饭，下午学习。老人有事外出，两兄弟遂出门到这个地方不大却满是西式建筑的避暑胜地兜风去了，观赏云雾缭绕之中阳光照射着的各式各样的花园洋房。据阿强了解，老人在此地并无熟悉的人，他能到哪去呢？到了中午约定的时间，师徒三人又会合在一起。吃过午饭，稍事休息，三人带着准备好的两匹马和兵器，去到一个不远处的林区。当年的沙巴比现在小得多，各种生活设施大都集中在建有一座教堂的镇中心地区，只有中心区铺有一条柏油马路，其他地方都还是碎石路或泥路，当地居民稀少，镇的周边就是森林。两人一问，原来老人上午是到林区找适合练习的地方去了。

到了一片空旷地方，周边静寂。老人叫阿强持枪上马，老人也持枪上了另一匹马。因为阿强和阿贵都练过棍，虽说现在练枪，却也不觉得生疏。老人对学生说："当人骑上马背，就是站上了另一个高度和空间，这时候，马就成了我们的两脚。我们称之为进马。因此，驯马人首先要学好训练马匹的本领，使马能按照主人的意志应对各种可能出现的情况。马步不能多也不能少，以消、打对方打过来的棍子，骑手还要护好自己的马，不被对方击中，致马受惊，危及自身。"听了这些话，阿强和阿贵才明白，以往骑士、将军为何把马视同自己的性命，加以爱护，而且一定要驯好。同理，马夫也因此而受到重用，尤其是在战时。

练了一会儿，阿强把马交给阿贵骑，同师父一道练。驯马对阿贵来说相当容易，因为他从小就喜欢骑马。虽然还是练点枪、弯枪、收枪、压枪、劈枪这些动作，但阿贵却感到在马上同在陆地上处理这些动作大不一样，好在有师父在一旁指点，这些技术很快能消化。轮到两兄弟互练，师父在一旁边观察边指点，让学生掌握打和消的各路枪法，直到越来越完善。眼看西斜的夕阳没过远处的山峰，第一天的练习就此告一段落。

师徒一同回到住宿地，晚饭时分，一同来到山脚下的一个只有三四张桌子的餐厅。兄弟俩喜欢互相打趣，问了师父不少事情，师父只是静静地坐着听，偶尔答上一句：“学了就懂嘛！”这样的回答，师父说过上百遍了。老人十分寡言，只爱静处，思维和行动也如是，每每都把事情做完了才说话，而一旦开口，都是带有总结性的讲话。

第三天，稍微吃些早点，师徒三人带上饮用水和简便的午餐，再次来到昨天到过的林地。老人叫两位学生上马，持枪热身一阵子，以适应接下来的战斗练习。在林地的空地旁边，有一条穿过山坡的小路，这是山区百姓日常行走走出来的，路很窄，两边长满灌木和芦苇，刚好容得一个人通行。大约十分钟过后，看到两人已经练得顺手了，老人拿起钩镰枪，对阿强说，“我先走，过一会你骑着马顺这条路过去。”老人这么说，就是只让阿强一个人过去，阿贵留下。约五分钟后，阿强骑马上路，阿贵留在原地练习那些基本动作，练就练吧，反正都是一些老动作。此时，阿贵的心思却放在那条小路上，师父和阿强现在在干什么？为什么只让他一个人去而自己却要留下？为什么不能一起走？师父常说没有什么好隐瞒的，而现在却为何要分开来教？学武的人都清楚，如果心里想的是一件事，而身子又在做另一件事，其结果一定会让武路走偏，没有神，再者就是很容易感到疲倦，因为“心身不打一处”。

辰时刚过，巳时开始，太阳渐渐升高，阿贵下马，把马拴在一根树头上，松开缰绳，让马匹稍微自由自在一些，自己坐在一盘隆起的老树根上，思绪联翩：师父选的这个地方确实独到，从昨天到现在都未曾见过一个人影，这地方的确隐蔽。过了约半个时辰，阿贵听到有人的声音由远而近，他向小道望去，只见出现了一个人头，忽隐忽现于两行芦苇之间，接着又有另一个人头出现，越走越近，原来是师父和阿强同骑一匹马回来了。阿贵倏地站起接过师父手中的缰绳，把马拴在自己那匹马旁边。老人和阿强翻身下马，坐在树荫下休息，阿贵立马斟上茶递给师父和阿强，然后望着阿强问：“挺有意思吧？”阿强点点头：“师父会教你的。”看着师父，老人的眼睛显得有点红，衣上沾满汗水，证明老人刚做过不少运动，显得有点不同寻常，以往老人很少自己直接动手，练习的事都交由学生自己完成。

稍作休息缓口气，老人站了起来，手执钩镰枪，看了看阿贵，然后还是走向那条小路。阿贵牵马，持枪，纵身骑上马背，手执缰绳引导马匹跟着走上小路。他手上紧握着枪，双眼机警地观察着眼前那条小路的两旁。刚走到一丛小树旁边，忽见一支钩镰枪当头劈来，直奔阿贵身躯，阿贵连忙用枪头挡住钩镰，身子稍为偏斜，把钩镰枪挡到后方。这时老人从树丛后跃出，站在地上，双手用钩镰枪不断地压、抽，阿贵则用手中的枪飞快地转、贴、避，交手几分钟后，老人停下手来，说：“等着，注意马脚！”之后，老人很快又没入路边的树丛中，不见踪影。阿贵驱马向坡下走去，突然，钩镰枪从一处树丛中伸出，刺向阿贵的马脚。阿贵飞快地用枪向下挡住，然后用力拨开，使钩镰枪朝向前方。钩镰枪未能钩住马脚，却钩住了阿贵手中的长枪，如果阿贵把枪握得太紧，很可能被掀翻落马。阿贵十分机巧，将手中的枪轻轻旋转，摆脱了钩镰。反复如此，老人不断移动和隐蔽于路旁的各个树丛，阿贵则在马背上仔细观察动静，钩镰时而从前面，时而从后面伸出，老人时而躲在右边，时而又转到左边，出其不意地进行攻击，以训练阿贵能应对各种情况，通过险区。到了午时，老人叫阿贵在马上稍向后坐，然后自己一纵身跃上马背坐在前面，师徒俩同骑一匹马缓步回到空旷处。

师徒三人摊开带来的午餐，边吃边谈论上午的练习。阿强性情淡定，同老师相处久了也学会了谨言慎行；阿贵则不然，性格刚直，也自由惯了，喜欢直白地表达自己的看法，加之秉性幽默，经常拿阿强来开玩笑。听着阿贵的俏皮话，老人虽不表态，却有时也被逗出笑声，嗔道："你这家伙。"既然大家都练累了，也得轻轻松松乐一下不是吗？这样吃起饭来胃口也好。因为师徒间感情甚笃，尽管老人好静，却也能接受阿贵的性格。

午时过后，已是未时，老人叫两人站起来，各执一枝枪走到树荫底下空地处，老人则持钩镰枪骑上马，教他们在地面如何对付骑在马上的对手，这也是在江湖上可能遇到的情况。开始，两人站立在两旁，同马匹保持一定的距离。老人持枪骑在马上左冲右突，时而斜刺，时而直劈，有时对准他们的腿脚长拖钩镰，最值得注意的是他用钩镰枪的尾部来化解对手突如其来的棍击。无论是顶部或尾部，只要用得纯熟，使出的招数同样致命。两人同时发起攻击时，更显出老人运用钩镰的老到，他出手并不花哨，而是十分短促、简洁。或捅、或压、或拨，一一消解对方的落棍。练习到此还未了，师父又叫两人站到空地的一头，老人则策马直接冲向两人。如何应对直冲过来的马匹也是老人要传授的内容。他首先冲向阿强，双方交手数回合，老人又转过来直冲向阿贵，教他们在地面上学会避马、接枪，以及反击。这节课一口气练了十来回，老人才让两人休息，喝口水。然后老人叫两人自练上午学过的课程，先在小路上练，拿钩镰的在地上，持枪的骑马，然后两人调换角色练，练到下坡那段路再折回。阿强、阿贵答了声“是!”就出发了。当两人练完返回原地，正要向师父夸耀练得如何“有进步”的时候，却见师傅连人带马不见了踪影，连装食品的袋子以及那杆枪也都不见了。回到住宿地才发现师父已经回来，冲洗完毕，正坐在店里等候他们。老人催促两人先去洗澡休息，自己则牵着马匹，带好工具去归还。

当天傍晚，师徒仨在餐厅挑了张摆在角落的桌子坐下用餐，点了几道简单的菜肴，有青菜、猪肉和当地的山坑鱼。坐在此处可观察其他桌的客人，又便于师徒相互交流而不影响别人，也不会被别人干扰。老人叫弟子们多吃一点，以补充这几天辛苦训练的消耗。老人点评骑马使用兵器的要点，以及处于平地和山地的差别，他说最危险的是身处树木丛生易于埋伏的狭窄地带，这时要通过耳听、鼻闻观察周边的环境，从鸟鸣、人马的汗味等容易捕捉的信息去判断有没有人藏匿其中，尤其是在特别寂静的地方，更要提高警觉。

阿强很熟悉师父的脾气，频频提起酒壶给师父的酒杯添酒。每当师父开始畅言，谈论自己的看法，或进行总结，或介绍经验的时候，往往会滔滔不绝，偶尔停下呷上一口，使思路同言词接驳得更加顺畅。美酒宛如甘露，能唤醒沉睡多年的记忆，这些记忆或因没有合适的环境，或因没有合适的倾诉对象，或因不愿旧事重提等原因而被封存起来。两兄弟静静地聆听着，才练了一天半，可师父已能从多个方面进行总结。他给学生讲授了在马背上如何使用各式兵器，在空旷处和狭窄处如何用兵器搏击，遇到众多对手或单个棋逢对手的敌人时又该如何应对等许多知识。本以为接下来一两天老人还会传授些新的内容，阿贵问师父:“这回要是连大刀、木盾也一起学学就好了，这一来师父精通的兵器技艺都能学到手了。”见老人不作声，阿强插话道："这回没有看到师父准备那几样东西啊！"既然老师好不容易带弟子远行一回，弟子也早已盼望着能全面地学到这些核心的功夫，何不毕其功于一役？可师父却丝毫没有半点这个意思。老人静静地坐着，对谁也不看一眼，过了一会，两人似乎听到师父自言自语道："我想到过，现在已极少用到这些兵器，要用，充其量只是用一下棍或者弯刀，不再有人用枪、大刀、戟和木盾了，这回让你们练练枪和马，知道是怎么回事就可以了。"意思已十分清楚，老人心里明白，当今世界，子弹的速度和杀伤力不知比传统的兵器强了多少倍，学习传统兵器只是为了训练而已，现在已很少用得着，闯荡江湖早已成为过去，再不会有千百年来曾经有过的那种英雄扶危救困的时势了。这些兵器到了老人这一辈已极少使用，更何况到了学生这一辈。此时，阿贵似乎突然反应过来，说："哦，师父已经把马匹、枪支归还了。"

这是第一次，也是唯一一次贵老师有机会学习骑马和使枪。可不是，那些经过数百年时间沉淀，由无数具有天资和独特经历的杰出人物历经千难万险才总结出来的，得来不易，被称为"秘笈"的瑰宝，由于时代的变迁，已经渐渐被埋没乃至失传了。

精髓与结晶

为了帮助人们正确理解济公老人对贵老师的教导，我觉得有必要在此重述一些往事。当年，老人已经六十岁有余，而贵老师还处于少年时期，等到贵老师步入青年的时候，老人已是阅历丰富的高龄老人。此时，学生尚未入世，还生活在父母保护着的温暖屋檐下。老师是华人，而学生是越南人，老师遇到任何变故都做得到淡定、冷静，而学生却是个性格刚强豪放的人，两个不同年代、不同性格、不同命运的人，因老师的武功、学生的音乐天赋不期而遇。除了济公老人在各个场合里讲过的话，还有贵老师同老人相处过程中亲历的一些故事，这些足以在某种程度上体现济公老人的思想、品质及人格。这些都促使我在此忠实地记录下济公老人对贵老师的种种教诲。

“能遇到这个就是福气。”老人如是评判自己的功夫门派。为什么说学到这门功夫就是福气？那么学习别的门派的功夫算不算有福气？能不能说世间每个门派的功夫都有其优点？反之，这个门派本身又有什么优于其他门派的特殊之处？难道是济公老人对其他门派的功夫都曾见识过、比较过、了解过，才会得出这样的结论？说有福气，是否也包含了学武者个人的命运和前途？

“学了就懂得。”当学生对那些或曾听说，或感到古怪奇特，或未曾学过的动作提出种种疑问的时候，往往得到老人这样平淡的回答。老人不喜欢、也不沉迷于世人对武术的种种神化，让人懂得"见识明，则异说不能惑"，他也不主张因为好奇而去打听将要学习的东西。他认为，只要有缘分，加上自身努力去锻炼，就算今天得不到，明天也能学成；要是没有缘分，就算再想要，甚至拼命去做也得不到。

"好好学，危难临头我不会随时都在你身边。"太对了，不光是贵老师，我们每个人都一样，当面对危难局面时，都得自己去应对，无论你是还在学习阶段还是已经入世，因为不会随时随地都有师父在你身边帮你。老人这样讲的目的，是让学生懂得将来入世以后，凡事都得靠自己，不像还在学习的阶段，处处有老师依赖。我不知道其他老师是否也是这样教导自己的学生的。

"学会这门功夫，你可能一辈子都用不着，可一旦用得着，可以助你免于死亡。"显而易见，老人教你学习这些技艺，不是为了助你谋生，而是要使你树立一种人格，学会一门本领。学武术可不是为了让你同别人打斗，而是让你学会审时度势，化解矛盾，这才是学武的最高目的，也就是让人好好地活着，而不是送死，断送人生。可见，掌握这门武术，可以帮你摆脱死亡，所以说这才是无价之宝，它不仅仅是精到的技能，更包含了人生的哲理。

贵老师对老师的以上教诲一直铭刻在心，每当面对一边是生、一边是死的人生抉择时，他的体会就更深了。贵老师做过部分肝切除，正是有赖于运内气，才使自己的身体迅速恢复。

作为学生，心里往往希望自己是世上武功最棒的，而何为最棒？这个概念的内涵无限大。老师是学生可以看得到的最高榜样，而多数学生都希望自己能像老师那样棒。贵老师永远忘不了当年这样提问时老师的答复。当时他问："如果练得好，我能像老师这样棒吗?”老师答道:“不可能。因为你要是想同我一样棒,就要像我那样学,那样练,做那些我曾遇到危险时做过的事情,要有我那种体会和历练才可以做到。”老人是为了让学生听得明白才这样说的,因为老人和学生所处的国家、社会环境以及人与人之间的关系都不同。进一步来说,每个人在什么基础、什么资质上接受教育,以及个人努力、人生阅历的差异,造就的本领都不尽相同,只要具备其中一个好的条件,个人就会有所成就,如果以上各种条件都具备,那么这个人在世上会是一个十分稳健的人,具备成就大业的本领,将会获得世人的敬重,于世人有益。

我们常常听人说,有些老师,尤其是教武术的老师,在教学生时,总要留下一手绝技,以防学生将来一旦反目,还可以出手对付。出于幼稚和诚实,贵老师曾问老人:“师父教我们的时候是否还留了一手,是否怕学生反目?”老人说:“不怕,会不会反目,责在自己,不在别人。”这句话道出了教育的本质。

要了解一个具体的人,老师可以通过观其面相,以及他在整个学习过程中暴露出来的心思得到答案。学生要反目的话,大概有一半原因来自学生自身,另一半则是老师的责任。如果老师言行模范,负责任且守“道”,学生又怎会反目,反目又是为了什么?因此,老人认为学生会不会反目,责在老师。一般老师在教学时常常会碰到两种难题:一种是学生悟性差,把握不住要学的知识,对此老人称之为愚;另一种是学生不够勤奋、专心致志,对此老人称之为懒。如果学生犯有一弊或二者兼而有之,老师会说“恐怕学不成。”这样回过头来看老人的解释,要保证学生不反目,老师必须首先作出表率。

当人们有了这种见识和认知后,会发现人世间其实存在许多美好的、奇特的东西。作为一个生活上十分磊落且知识渊博的人，老人对事物会按另一种标准去评判。这个时候，按常理认为是好的东西，在老人眼里未必是好的。回想当年老人看到江湖卖艺人在街头表演，粗声粗气地舞刀弄棒，老人只讲了一句："这玩意儿没有用。"而人家却在用，继续用，围观者依然赞不绝口。老人说"没有用"是什么意思？如果真懂的人，用低的标准去衡量，或许觉得有用，但如果到了环境酷烈或更高层次的地方，则真的是没有用。因为如果练的是低等级的技艺，久而久之，就会习以为常，一旦同水平高的对手相遇，则必败无疑。

为了使学生把握好各门功课和练习方法，老人常说："练习是一回事，打斗又是另一回事。"为什么这样说？其他门派的学生在学练一门新课时被要求对战，设法使对手中招或被打翻在地，这才算是会运用学到的东西，在实战中也是这样的，只不过要比训练时打得更猛、更有力才能取胜。而老人教学的方式不一样，他要求学生反反复复地练，做到每个动作、每次出拳无论强弱、快慢、变化，都能稳住拳路，直至练到纯熟。练习时要求平心静气，多体会出拳的速度和力度的变化，练的时间越长就越精进。而且，这种练法老师要一直在旁边观察和纠正，而不是一味地让学生自行练习，等到练得纯熟了，临阵的时候就能把握时机快打猛打，易于获胜。

正如上面曾经讲过，老人在传授"内气"功夫时非常严谨，内气的功效和运用方法是篇大文章，就我个人的认识以及接触过的不同门派的人而言，普遍认为"内气"实际上指的是被攻击时的"内受力"。听起来没错，但这是否就是它的全部？是否这就是练内气的目的所在？这仅是我想提出的问题，如果有同仁同样关心这一问题并加以深入研究，进而能提出独到的见解，完善自身掌握的技能，也是十分可贵的。

老人曾教导说，内气是建立内力和力的聚集，由里及表，因此，正确的发力方法，是身、手、步发力之总和。这就十分清楚了，身体是承受攻击的目标，但不等于身体随时会受到攻击，更何况，有时候聚气时攻击时机未到，有时突然遭对手攻击，可自己的气又尚未聚。当阿强问老人如何用内力挡拳时，老人解释："当你打击对手时，从外击打即为外，触及人体时再发力即为内，被击时要尽可能避免遭受多次攻击，否则连续被击中会耗尽内气，只剩下表皮在承受而已。"就是说，老人不只教学生出内力，还教他们用内力承受攻击（还未算其中由表及里的那部分拳术）。老人还提醒："不要让别人知道自己有内气，这样一旦用起来才会有出其不意的效果。"总之，"练内气"是练习用气力的一个步骤，要按程序做，不得张扬，绝对遵守前辈的教导。有人说，老人的功夫是"佛家咏春拳"。我认为，这门学术从根本上讲不带任何宗教色彩，济公老人不是"禅师"，他的老师也不是僧人，如果以个人曾见过的某些招式，就武断地认定老人的门派，往往会误导后人。

有时候师徒三人闲坐聊天，尤其是在摆上一两碟小菜，喝上两口，兴致正浓的时候，老人常说："在世上已无人可打了。"这个世上身怀绝技、名扬四方的各门派豪杰还大有人在啊，老人却说"已无人可打"！在武林中，不同时期，各门各派都有杰出人物涌现，他们能做到别人无法做到的事情。按照老人的教学方法长期练习之后，整个人的身心都极其"灵敏"，手、肩、腰、脚的力气总觉得使不完，动作干净利索且神速，不拖泥带水。虽说练到如此地步，"已无别人可打"说起来容易，能像老人那样真正做到才叫难。

到了学习的后期，老人传授的功夫日渐减少，他更多时候是要求两位学生相互交手对练，自己坐在一旁观察，时而摇摇头，表示不怎么满意，时而微微点头，表示对学生的赞许，但更多的时候是坐着不声不响，这种不声不响说明什么？是在评判每个学生的技术水平，还是想到他们将来走向社会而老师又不在身边会是什么样子？或是在回忆当年自己苦练才练就的绝技，帮助自己在浮沉岁月中度过千难万险？

在观察学生对练时，老人有时会提醒阿强，一旦占据上风，要利用优势加强出拳力度压倒对方；有时则责备阿贵在消掉对手的招式后不会趁对手招式变化立即反击。老人说实战中必须根据实际情况调整招式，而不能像初学时那样一板一眼地按标准动作去做。这是老人在传授学生在实战中对所学知识的灵活运用，我不知道其他学生在练武时是否也有明师如此指点，而阿强和阿贵确实获此优待。越往后练习，老人越是要求学生按自己的意愿出招。这时老人会发出一些简短的命令，要求学生马上运用。如："阿强龙打，阿贵蛇消。"也就是要求阿强必须用龙拳的招式发起进攻，阿贵则要用蛇形去化解。就这样，一打一消，反反复复练习多次，直至十分纯熟，最后是攻守角色互换，每个人既练攻，也练守。末了，老人进行总结："要做到消打合一，正所谓色中有空，空中有色，无招无式。"

看完学生演示气力、拳脚、身手、步法等全部技艺后，老人会指出哪些动作已经达标，哪些尚有欠缺，要补课，要加倍练习。老人说："学会这套拳术，就不怕其他门派的人，只要功夫学到家，什么招式都能接，唯独怕同门当中比自己更'灵'的人。"

这是大师级人物的结论，我们无从评判。因为讲这话的人，从小习武，青年时期经过实战考验，壮年时在广东已颇受人们仰慕，老年时到了越南，受到更多人的敬重。老人不再想同谁争个高低，只希望坦坦荡荡地活着，并向弟子传授自己的知识。

老人说的“灵”为何物？它是沿着什么途径形成和建立起来的？对此我会在后面进一步讲述，在这里只是稍微提及，以便让大家理解济公老人多次提到的“灵觉”。

在书的前面已经讲过，济公老人在青年时期就已加入反抗外国侵略者践踏中国大地的组织。有一场在老人指挥下堪称“灵觉”的仗就发生在夜间。老人这一仗选在一个漆黑夜晚，当晚浓雾笼罩，星月无光。老人率领的精兵只穿兜裆裤，全身抹得漆黑，执匕首。等到三更时分，老人一声令下，士兵们在寂静的黑夜中悄悄接近敌人。根据“灵觉”的指引，攻击小组或是静静埋伏，或是机动接近。老人派出的高手在对方神不知鬼不觉的情况下利索地接近敌方营寨。突袭开始后，每个攻击小组分头攻击。由于天黑，互相看不见人影，士兵们事先约定好，碰着布（敌人）就刺，碰着肉（队友）就不刺，这一仗从头到尾都在三更天进行，除了造成敌军损伤，还给对方带来了巨大的心理恐慌。

第二章　江湖处事

我在此特别用一章的篇幅，专门讲述济公老人是如何为人处事的。

济公老人来到越南的时候已是高龄，他老人家只希望能在越南过上安稳的日子，所以不想向别人透露自己的往事。然而，在现实生活中，一个人的品行和习性很难做到深藏不露，有些往事虽已埋藏多年，但总会因一些无法抗拒的情况而暴露出来，对于老人来说也是如此，这就是人们常说的“命”。虽说这样的情况不多，但老人总会在有些时候不得不出手，因此多多少少会留下一些传闻。

世间的学习有多种方法，教学方式也各式各样，通常情况是学生到点就来，下课就走，然而，若有幸能长时间同老师相处，则学生对老师的学识就能体会得更深，这样学到的不光是老师的知识，还能学到老师的品性人格以及待人接物的处事方式。

外交式教学

打1941年起，济公老人在河内的社交范围有所扩大，但接触的多半是些有产人士、商人、职员等等，社会关系还不至于太复杂，这也利于隐藏自己不想为人所知的经历。有时，老人也以所谓“外交式教学”教一些人习武。下面，就选取其中一些故事来讲讲。

我太太的祖父住在甘必达街（今陈兴道街）100号，是一位地质工程师，曾得到一位法国人资助，留学法国，回国后在越南从事采矿业，在那个年代，具有这样学识的越南人极少，他同时也是武将门第出身，我太太的曾祖父曾是顺化京城一座城门的守将。或许是遗传的影响，祖父对武术，特别是山东门派的武术，十分精通，作为身怀武艺的矿主，他既可借此广交朋友，又因此利于指使那些社会最底层的矿工。济公老人后来成了我太太祖父家里的常客，有时还同桌畅饮，谈天说地。太太的祖父对有学识的人都十分尊重，如今又遇到了江湖上这位有真才实学的人，于是暗示自己也想向他学武术。那时，祖父已是个五十岁开外的人。济公老人老实地告诉他：“先生已高龄，不该再来学我的这一套，练好您已学会的武术就很好了，有多少人还达不到先生您现在的水平呢。”祖父最后打消了跟济公老人再学一门功夫的念头，但两位老人依然感情甚笃。

我太太的祖父有个男孩叫阿泰，我们叫他泰伯。在年约二十五六岁的时候，他性格放纵，属于天不怕地不怕那一类。一天，济公老人来家里作客，泰伯问老人，“如果挨打怎么办?”既然在朋友面前，老人也乐意教他，便说道：“到园子下面我告诉你。”园子里有一条宽阔的石铺路，掩映在两旁浓密的树荫底下。泰伯正值年轻气盛的年纪，手执父亲用的武术棍，看上去十分威猛。老人平和地站在泰伯对面，说声：“打吧。”泰伯向前迈出三步，抬脚挥棍击向老人胸口，只见棍子乒一声弹了回来，泰伯也被震得向后连退好几步，老人却站着纹丝不动。祖父惊呼：“真厉害!”泰伯也不得不叹服：“老人家的身子骨还真硬朗，把我的手都给震痛了。”老人微笑着说：“用力还不够猛，还得好好练!”

一天下午，贵老师正在师父处喝茶聊天，只见进来一个年轻人。老人说：“阿贵，你坐着继续喝茶，他很快就会离开的。”老人起身同年轻人走向屋子的一个角落处。老人对年轻人说道，“来吧!”年轻人先退后几步然后冲上来重拳击向老人胸口、腹部，这样一连做了好几回。老人点头说道：“今天，有进步。”学习结束后，年轻人有礼貌地向老人告别。回到茶桌处，老人说：“他是学英式拳击的，想学点中国功夫，用到拳击上。我只需指点他把拳击学好就行了，他学不了你们学的功夫。”

老人对吴氏三兄弟又是另一种教学方法。这几兄弟都有较高的儒学修养，又都是公务员，同贵师父有点沾亲带故的关系，老人就答应教他们学武术。三兄弟的名字分别叫阿祥、阿褚、阿谦，对这三位青年人，老人只教他们学习偏于刚强凶猛的虎拳，尽管老人常对阿强和阿贵说：“你们俩练习要以蛇、鹤为主。”自始至终，吴氏兄弟都没有学过“柔”的招式。师徒三人闲坐聊天时，老人解释道：“这是外交式教学嘛!”

只要活学活用，哪一种“形”都有用。每次练拳，吴氏兄弟都是动作既刚且猛，速度快、出拳猛，边跑边打。贵师父偶尔也同他们过招，只见攻方出拳猛烈，拳路简洁，守方隐蔽细腻，刚柔相济。1975年越南南方解放后，吴氏家族离开西贡迁居外国。我很遗憾至今未能同他们谋面，否则，除了可以交流武术之外，还可多了解一些有关济公老人和师父年轻时的故事。

凡事先责己

一天早上，趁着空闲，老人带阿强和阿贵上街。老人热爱劳动，喜欢到市场上选购爱吃的东西回来自己下厨。一路上从行帆街转入桃街，再到同春市场。由于天在下雨，路上湿漉漉的，屋檐下的行人比较多，经过一家卖蜜饯和乌梅之类的凉果店的门口时，有位中年妇女正从屋里匆匆走出来，不小心踩着了老人的脚。见此情景，两位年轻人十分不高兴，刚想责备这位妇女几句，好让她今后注意。老人却已先说了声："对不起!"这位妇女惊讶地回头望了望，喃喃低语，匆匆忙忙地走开了。回来后做好饭菜摆上桌，老人才开口解释："如果你不把脚伸到那里，人家怎会踩着你呢？既然自己错了，就要向人家道歉。"稍作停顿，他似也感觉到两位年轻人心中仍有不平，又接着说："人家想故意踩你的脚吗？我想不会，所以自己先道歉才是最好的选择。要是一味责怪别人，就会你一言我一语争个没完，是不是?"当时两位年轻人一时还难以接受这样的道理，但老人坚持"遇事先责己"的态度，让他们往后越想越觉得老人是对的。老人告诉年轻人，不要因为一些小事而认为自己受委屈或受到人格伤害。老人那句"对不起"才是处事的真谛。

不要砸人家的饭碗

法国殖民时期，越南的街头上常常能见到一些靠卖药为生的江湖人士。在河内，这些江湖人士有的来自中国，有的来自越南南方。他们被迫浪迹天涯卖艺谋生，也是因为没有别的出路。在武林界看来，他们并不属于武艺高强的那一类。

那年秋天的一个早上，斑驳的阳光洒在还剑湖周边的街道。在今天的新河内报对面的广场上，围着密密麻麻的一大圈人，虽然人数众多，但并不显得嘈杂。济公老人和阿贵正好散步走过，见此情景也站在稍高的路边石阶上向里张望。只见到人群当中一个约三十来岁的男子正手执齐眉棍在舞动，棍风呼呼作响，站在一旁的人都能听到风声。过了一会，男子一边舞动棍子一边绕着圈子走，棍子飞快旋转，像是身上装了把风扇。看到精彩处，阿贵不由得走近人群想看个究竟。忽然看到男子一声吼，将棍子向上旋转抛出，然后在落下时飞奔过去双手接住，倏地把棍子插在地上，双脚站稳，棍子插入地下几十厘米。周边人群顿时掌声雷动，“真棒！真帅！”的喝彩声此起彼伏。

男子脸上露出淳朴的微笑，摊开手示意请观众上来试试拔起棍子，只见一位少年走上去，双手执棍，用尽吃奶的力气使劲地拔，脸上涨得通红，棍子却纹丝不动。阿贵看着神奇，正要向前去试试，忽然被师父一巴掌打在脸上，热辣辣地痛。老人把阿贵拉出人群，说：“这玩意是用来表演的，派不上用场的！”阿贵问：“为什么棍子拔不出来?”老人答：“简单得很，弯身抱紧棍子，摇两摇就能轻易拔出。”又接着说：“人家在卖艺谋生，要让人混口饭吃！”老人十分懂得这一套，这是武师的气度，我们要好好学习。

不争强好胜

在同一条古老的街道上，不远处住着另一位华人武术师，大家都叫他钟师父。同其他职业一样，教武术也是一种谋生手段，一招一式都可以换钱。为了吸引更多的人来学习，有时钟师父不免卖弄一下自己的武术如何了得，甚至声言要摆擂台同其他门派的武师比高低。只要有机会同有名气的武师比武，即便输了，也会提高自己的知名度。他听闻济公老人是个武林高手，得到众人仰慕，也曾找上门来表示想同他打擂台。济公老人过去经常遇到这类事情，总有人想同自己比个高低。提出这种要求的人，有时并非真的为较量武艺，而是出于忌妒或是单纯为了钱。贵老师经常向我们讲起济公老人的教导：你赢了他，你也不会因此变得更有本事，可对别人来说，却可能因此丢了饭碗。话虽这么说，可贵老师仍然难以接受。如果别人是冲自己来的，自己还可以忍一忍，或置之不理，但遇到有损师父声望的事，断断不行。虽然阿强也来劝阻，阿贵还是去向师父请求，允许他代表老师同钟师父比个高低。知道自己学生性格刚烈，阅历也不多，老人只简单问了一句："你为什么要与比自己武功低的人去比试？除非他把你逼上绝路。"有一次坐在一起聊天时，阿强告诉阿贵说：钟师父不是个武林高手，让他好好谋生就是，若比试的结果是他输了，就没人再跟他学习了。"我们不应该去计较武功的高低、强弱，而应该保持一种高尚、谦逊的风范。正所谓："不争而善胜。"

不教恶人

早年还在中国生活并步入中年的时候，济公老人已相当闻名，尤其在武术界。可是，敬重和仰慕也往往伴随着牵累。有麝自然香，有本事的人知道的人就多，就免不了有人来“求师学艺”，如果遇到强行拜师的情况，有时候免不了起冲突。

济公还在广东的时候，曾有一个人叫郭飞鸿，此公手下有一帮人专事催债和抢劫等勾当。郭飞鸿身怀武艺，那些善良的弱者都要让他三分，甚至怕他。郭飞鸿曾登门向济公拜师求艺，自然被济公拒绝了，但性格使然，郭飞鸿拜师学艺的心达到了狂热的地步，济公离开广东之后，他的求学梦自然也就中断了。然而有一天，郭飞鸿却突然出现在河内，又找到了济公老人。故事发生在行桃街的一幢屋子里。那天晚上，济公老人正在一个熟人家里吃晚饭，外面突然走进来一个人，屋主有点茫然，怎么闯进来一个陌生人。来客却说是要来向济公老人问好的。济公一看，原来是郭飞鸿，他没有打招呼就莽撞地上门求见。老人碍于情面，请主人添上碗筷和酒杯，请他入座。寒暄几句后，郭飞鸿单刀直入：“我在广东寻你多年不见，听闻你老人家到了越南，这次来是专程上门拜师的，希望你务必收下我这个徒弟。”老人答道：“我老了，生活穷困，记性时好时坏，年迈气衰，哪里还能教人武艺！”郭飞鸿等了多年，结果还是被老人拒绝，失望与不满情绪立即化为仇恨，激愤难耐。郭飞鸿顿时挥拳直击老人的脸，只见老人高喊一声“哎呦”，并用双手架住对方的拳头。由于来拳很猛，老人先把身子后仰，然后借势把对方的拳推开。只见郭飞鸿突然大吃一惊，脸色发青，原来瞪得大大的眼睛霎时无光，踉踉跄跄地退出了大门。室内一众人看得目瞪口呆，老人却平静地发话道：“接着吃吧，吃吧！”贵老师说，济公老人用的是脱臼术，如果不及时治疗的话，郭飞鸿的右胳膊日后恐怕会日渐萎缩。老人接着说：“这个人十分凶残，我也是不得已而为之。”

港口的江湖打斗

前面讲到过，甘家在海防港地区也有经营的业务。港湾地区历来是个经商的好地方，各个江湖帮派都划有自己的经营地盘，正所谓“一方江山，一方豪杰”。一年暑假，济公老人把阿贵也带到了海防。

贵老师说，在港区，只见一条条高高的煤山堆得有上百米长，不同的煤品要分类堆放。这些煤，有的是用火车，有的是用轮船，也有的是用翻斗车运来的。煤炭的进出口业务都由管理人员根据河内来的指令有条不紊地进行运作。济公老人只是定期来此进行检查。各个卖主都在此地建有自己的寮棚，老人则常坐在寮棚里看工人们搬运的情况。一次，济公老人看到用驳船运煤的老客户和自家的管理人员在煤炭交易中发生了纠纷，因双方交涉未果，码头的黑势力就插手干预，要把煤扣下。时近黄昏，十几个歹徒手持棍棒埋伏在吉也一带，老人和管理人员刚走近，一帮歹徒瞪着眼齐齐涌出，不用问就知道他们要干什么。老人连忙拉着管理人员走进一条小巷，这是一条断头巷，到了巷尾，老人回过身子，那伙歹徒正好赶到，面对面只隔三米远。天已暗了下来，老人扎好马步防守，对方在窄巷中排成一条长龙，站在前面的那厮挥动棍子照头直劈下来，老人双手接住棍头和棍身，往下一压，再一抽，夺棍横扫过去，这一猛棍正中对方腰部，只见他大叫一声跌倒在地，再也没有响声。第二个接着冲上来，手舞大刀，老人利用手上木棍捅向对方握刀的手，干净利索地把刀挑了起来甩向砖墙，大刀削掉一大片墙灰后掉落在地，这厮慌了神，立马往后退。第三个人出现了，看样子是个头头，他把其他人扒拉到一边，空手站出来，见此状，老人也把手中的棍靠在墙上，赤手空拳站在那厮面前。稍停片刻，对方对准老人胸口瞬间连击两拳，手起拳落，正中老人胸口，老人站着纹丝不动，那厮却被弹出好几米远。“碰到高手了！”其他人立刻意识到这一点，这是他们从未遇到过的情况，幸好，这老头似乎也不想乘胜追击。眼看再斗下去捞不到好处，这帮歹徒只好徐徐退出漆黑的小巷，老人和管理人员也跟着走出来，只见巷口站满了人，你一言我一语叽叽喳喳议论着。伴随着众人仰慕的眼光，两人出得巷口，叫了辆三轮车回家去了。回到河内，济公老人对徒弟讲起这件事，还不忘叮嘱他们要练好手头上的功夫，说用得着时就能派上大用场。

学打枪

谅山，自古以来就是个多民族聚居的地方，有京族、汉族、岱族、侬族等等，这里总显得那么活泼生动、多姿多彩。因为这里生活着多个民族，流通的语言也很多，讲越南话和广东话的比较普遍，人们既可以用中国普通话进行交流，也可以讲越南多个民族的语言和广东地区一些少数民族的方言。这里讲的广东地区其实包括了广西，也就是现在的广西壮族自治区，即过去老人口中常常提到的“两广”，这里生活着四十多个民族，足见这个地方的多样性。谅山既然是个多民族共生的地方，生活习惯自然各色各样，有好的、美的，同时也有一些粗野的、不良的陋习。

1942年的一个冬天，济公老人携两位学生乘火车来到谅山。那时铁路用的是窄轨，火车走得慢，班次也少，虽然只有200多公里的路程，但就算天蒙蒙亮从河内出发，也要到傍晚才能到达谅山。各地的火车站都差不多，赶车的、接客的、送客的，到处人潮汹涌。还有那些以站为家的流浪汉，他们最怕的是遇到警察、兵丁来驱赶。

等找了家客栈住下，整好行装，师徒三人出门逛街。四面八方的人都聚于此地，热闹非凡，他们白天干活，或当雇工、或做买卖，到了晚上，有点钱的人就奔向各种食肆，坐满长长的桌子，吃的、喝的，笑的，喧嚣不已。在一些门店，店员忙着招呼客人进门买货，买东西的人也各色各样，最常见的还是一些出来赶集的少数民族的人，他们指指点点，嘻笑着，拿起商品，或闻闻、或试试，显得十分随意，不像河内人那么内敛。“要多出门走走，才知世界万象。”到了晚上老人把两位学生带入一家潮州餐馆，阿强向阿贵解释，潮州隶属广东省，比邻福建，有不少名菜，师父很喜欢吃，“这时最能体会江湖的快活”。三人坐在楼上，向窗外望去，只见有几处卖糖糕的档口，蒸笼冒着腾腾的热气，不时还能闻到晚风吹来的糖糕的浓香。不一会儿，店主端上来几大碗潮州菜，还有几小碟下酒菜。附近，有几桌上的是烤肉、烧肉，这都是当地少数民族最爱吃的，他们相互请客，多半喝着喝着就醉了，出门时摇摇晃晃，趺趺撞撞，嘴上还叽叽喳喳说个不停。师徒三人面前也已摆满一桌子菜，当然也少不了一瓶烧酒，几只大杯。阿强酒量还可以，阿贵才呷了两口，已是满脸通红，老人则慢条斯理地吃着，他食量大，再不时呷上两口，十分怡然自得，因为此地无人知晓他们的身份，不必处处留意提防。吃完饭，老人结完账，还站着和店主说了一会儿话。

离开餐馆，老人带着两位弟子沿着这条开着多家食肆的街走去，到了一家门前两侧挂着红灯笼的门口，老人叫兄弟俩自己在门外玩一会儿，不要走远了，自己则径直走进隔着天井的里屋。原来老人进去是要抽大烟，大烟能使人们摆脱现实，忘却一切忧愁和烦恼，有人称之为“仙姑煮饭”。在河内，阿贵从未听说过师父也好这一口，可能因为每次见面都是事先约好，每周也就两三次，所以师父的私生活并未暴露在他面前。要知道，大烟给人们带来腾云驾雾感觉的同时，也可以使人失去对行为的支配能力，当整个神经系统处于麻木状态时，气力不聚，手脚也不听使唤，许多武林奇才就是被杀于烟瘾发作的瞬间。为谨慎起见，老人叫兄弟俩在门口候着，若他还在迷糊中，遇到不利状况，还有他们俩出来抵挡一阵子。

师徒三人游览同登当地的名胜古迹。虽说此地的山洞和庙宇比不上中国的那么有特色，那么雄伟，却同样能够显出在平原地区所没有的那种灵气和韵味。古人云："仁者乐山，智者乐水"，果真如是。师徒三人痛痛快快玩了一整天，晚饭后，老人带两位青年人走进一家赌场。许多华人都好到这些地方赌一下红黑运程，希望财神爷显灵对自己开口笑一笑。也可以说，赌博是他们十分迷恋的玩意儿。不同的房间里有不同的玩法，有的围坐在桌子旁玩，有的围坐在铺着草席的高台两边玩。跨过门槛，阿贵看见有几个衣着入时，英俊帅气的人笑脸迎客，周边还站着几个身强力壮，看似有一身武功的保镖。哪儿都一样，有钱的地方就免不了招人惦记。虽说里里外外都有人守护，那些贼人照样会闯进来抢劫财物。楼下人虽多，但不如楼上那样热闹嘈杂。一旦进入状态，呼喊声、唆使声、挑逗声不绝于耳。在铺着草席的高台上的几处赌档，围坐周边的人正等着庄家派完牌好押注，入局的人都涨红着脸，不断大呼小叫，旁观者也睁圆了眼睛盯着，出局的人则随时有人顶替。每个注门都堆着一堆钞票，等着庄家开牌。阿贵不好赌，阿强也还未有时间"练"过这一手，老人则冷眼静静地守候在人多的地方。大约晚上九点，忽然从窗口跳进一众黑衣人，每人手执一支驳壳枪，黑布蒙面，头上也缠着黑布。只露出一双眼睛。只见其中一人快步迈向楼梯口处，对着楼下嘭！嘭！嘭！连开三枪，其余的人抽起袋子，一手拿着枪对着袋口，另一只手伸到席子上抓钱塞进口袋。老人和两个徒弟贴墙站着，老人望着两位徒弟轻轻摇头，示意他们不要插手这里的事。事情来得快去得也快，不到一分钟，站在窗口的那厮高喊一声，匪徒们立即收住袋口，一个筋斗翻到之前进来的窗口处，走在最后的匪徒眼睛转了一圈，见众人大气都不敢出一声，便向楼下“嘭”地开了一枪，然后才翻身纵出窗外，消失在黑暗之中，继而屋顶上传来有人走动的沙沙声。此时，众人才缓过神来，又是一片嘈杂声响起。幸好，没有人被枪弹伤着。赌场老板这时慌慌张张走出来，向大家鞠躬道歉。众赌客感到扫兴，都陆陆续续地离开了。

老人带两位徒弟回客栈。第一次进入赌场就遇到了劫匪，真有点危险。两人争着问师父：“这伙人究竟是啥帮派，专门抢劫的吗?”“为何他们筋斗翻得这么好?”老人说：“其实这伙人也没啥可怕的，因为当他们翻筋斗的时候，就不能干别的事，只有当他们落在地上才能打枪。”稍停一会儿，老人接着说：“回去后教你们学打枪，以后遇到这类家伙就不用害怕了。”

回到河内，老人兑现承诺。师父也有一支驳壳枪，只是已多年没用。老人没有按常规教他们站着瞄准打枪，而是让他们在地上翻滚的时候，双手持枪置于面前射击，也不用瞄准，只需大致判断方向和距离射击，就像武术动作那样来做。无论人翻到哪儿，手都垂直于身侧，如之前学过的“首头拳”动作一样，枪口对着目标。落地朝目标翻滚时，枪却要置于面前。因为武术基本功都已练得纯熟，所以两位学生很快就能掌握射击要领。

后来，贵老师重述这些故事的时候说：“好在以前练过，而且掌握了快速射击法，所以之后每次上战场都能把握主动，沉着应对。”

身手不凡

往往当一个国家遇到战争的时候，这个国家人民的自发爱国心都会被激发。这个故事发生在1940年，也就是日本军队向中国南方逐步推进的时候。支持抗日运动过程中遇到的第一个问题是动员大家多捐款来购买武器。在这个时候，有一位少林拳高手自愿加入这个行列，而且来到越南，在华侨中开展募捐活动。对于这样的爱国活动，海外华侨往往都会积极响应，这正是华侨群体的可贵之处。这位武师鼓动募捐的方式也多种多样，一会儿表演拳术，一会儿又用兵器展示武功，有时则表演内力功……全是些高级武功，不是那些游走江湖靠卖艺为生的人玩的那一套。到了河内，这位武师通过华联会——当地一个华人海员团体，提出帮找人打擂比武。他敢这样做，可见这位武师的自信及武功之高强。无论是越南还是中国，哪里都有懂武术的人或教武术的人，但大家学武多半是为了锻炼身体，或是为了自卫，要找到一位真正的武术高手并不容易，找谁好呢？就算找到了，人家愿意登台比武吗？加之，这是一次为了激发人们的爱国心而进行的抗日募捐活动，由不得你随随便便摆一个假擂台糊弄人。华联会找到济公老人提出此事，出人意料的是老人竟然满口答应了。老人身边的人尤其是贵老师都为老人担心，济公师父此时毕竟已年近六十七岁，而那武师却是个壮年人，人们还从未见过竟然有一位老人敢于上擂台比武的！

贵老师后来给我们讲述了这次比武的情况。当时济公老人评价道："这是一位武术名师，内功外功都十分完美。"尽管如此，老人还是答应去比武。擂台就搭建在行帆街，四四方方，搭得十分稳当，大约25~30平方米见方，足够两个人放开施展拳脚。比武时间定在一个晚上，当晚来了不少中老年人和青年人，他们大多是当地华侨。擂台四周按高矮梯次摆满了长凳子，十分整齐，人都坐满了，把擂台围得水泄不通。从门口通往擂台留了一条约三米宽的走廊，聚光灯把擂台照得一片通明，无论是坐着的还是站着的人，都能看得一清二楚。现场人声鼎沸，一股热气腾腾的景象，毕竟是看打擂啊！还要补充一句，由于时局的原因，人数众多的聚会都要严格控制，要组织这样的活动，必须事先向当地政府报备，而且还要有人出面担保。比赛时间到了，华联会的一位代表登上了擂台，喧闹声渐渐平静下来。登台的代表用汉语发表讲话："中国的时势正处于千钧一发之际，需要得到广大华侨的大力支持。这回有位武术名师，为了鼓舞海外华侨的爱国热情，跨越千山万水来到这里，今晚就要在这里同大家见面，报答诸位的盛情。华联会还请到了广东一位有名的武师，今晚也要在这里同大家见面。"一阵热烈的掌声过后，观众开始交头接耳，评论着这场比武，也猜测着两位高手将谁输谁赢，比武的结局又将如何如何等等。接着，主持人宣布了这次打擂的规则：被打落擂台即算输。当少林拳武师迈步走向擂台的时候，现场响起了一阵嘈杂的声音。只见武师上身穿着排扣白色长袖武术服，腰间束着一条整齐的带子，下身穿宽裆收口长裤，脚上穿着清雅结实的布鞋，手执比头高出一手的长戟，脸带和蔼的笑容，轻快地迈步出场。他双手合十举到面前，绕擂台走了一圈，表示对观众的尊重。紧接着，济公老人出现，从门口径直走上擂台。

老人虽在河内生活多年，但即便是当地华侨社会，也只有少数人见过他的面。观众都伸长脖子注视着这位老人，都想看清楚究竟是个什么样的人被华联会挑选出来比武。只见一位六旬半的老人，身着过膝的大衣，头戴毡礼帽，步履稳健，面色从容，不动声色。上得擂台，老人立定在一个地方，转身向四周观众敬礼。在擂台上站着两个形象完全不同的人，一个是身材适中的老年人，面无表情，穿的是平日逛街的服饰，丝毫不像是要登台比武的样子；另一个是身强力壮的中年汉子，满面春风，从头到脚都表现出是一位专业武师。而且站在面前的比武者，一个执兵器，另一个却赤手空拳，面对如此大的反差，观众更是心生疑窦，几乎所有人都倾向于认定中年武师必胜无疑。阿强和阿贵坐在走廊旁边，目不转睛地盯着擂台。华联会的代表宣布，比武开始。两位武师相距数米面对面站好，老人仍立于擂台靠近台阶处。只见武士举起手中长戟，左右摆动，然后抬脚开步。老人依然站着不动，只是头部稍微下倾。看到对方没动，武士风一般抡起手中长戟，戟尖在空中划了个大圆圈后指向老人，对面的老人依然站着不动。刹那之间，武师纵身腾起，戟尖直刺老人脸部，老人迅速仰后退步，避开刺来的戟锋。武师的脚刚落地，戟尖就已着地弹起，立马掉转刺向老人咽喉。好快！好漂亮！全场屏住呼吸，所有眼光全都盯着两个人的身影。一动一静之间，贵老师已看出了两人的差距。只见老人左手置于中路，身形一闪执住戟头，随即原地迅速扭身。武士的猛刺正好被老人借力，老人向后抽戟，右手顺势托住对方的胯部用力一顶，武师跃过老人面前，继而越过擂台的台阶，落在从门口通向擂台的那条通道上。还未等武师回过神来，老人已双手合十向观众道别，并快步走下擂台。按规则，被挑下擂台的一方，算是输了，比武即告终止。老人胜了！正紧张屏住呼吸观赛的观众顿时掌声四起，叫好声伴随老人走下台阶的脚步狂呼了起来。两位武师相遇于走廊。此时，老人才露出笑脸，一手搭在少林拳武师肩上，用汉语说了声："你的戟法运用得十分精彩!"然后两人分手。老人走向门口，阿强和阿贵一下站了起来，跟着师父离开。因为这次打擂赛进行得实在太快了，为了不让观众扫兴，武师重新跃上擂台，用长戟给观众表演了一番少林绝技。

回到家，老人脱下大衣，挂好礼帽，坐下来和两位学生喝茶。当晚发生的事，对两位学生来说，自然是上了一节很好的现场教学课，收获就是，临阵镇静，不露声色，不让对方看出自己的能耐，同时还要纯熟地运用技巧和选准时机发力。对于处事原则的启示则是"后到先夺"。当晚的比赛还有一个妙处，就是对方毫发未损，名誉尚存，观众也不会因为其中一方在比武中被打伤而难过。经过这一次比武，学生对师父更加心悦诚服，因为这场打擂充分显示了师父是位真正杰出的武师。事后，众人开始尊称老人为"济公拳师"。

医武同道

有这样一个故事，既可悲又滑稽，可是它却体现了济公老人医武同道的本领。

老人隔壁住着一对夫妻，丈夫是个善良勤劳的老实人，生性懦弱，常遭妻子欺负。妻子除了泼辣、爱动脾气，还经常羞辱丈夫，发起威来甚至对夫君拳打脚踢。作为邻居，老人经常看见这个女人对丈夫大声呵斥，颐指气使。丈夫有时遭到妻子狠命捶打，也不敢吭一声，实在可怜！一次，老人问这位丈夫，要不要帮帮忙？丈夫听后感激不已。第二天，趁着邻居的妻子在家，老人过来对他的妻子说："你老公是个大好人，能同这样的人生活在一起多好啊！"那女人一听这话，醋劲大发，粗气粗声地数落着自己的老公如何如何懒惰无能。当她正说得满面通红之时，老人突然出手，用力一抽把她的下巴扒拉下来。突然遭此一招，女人的嘴巴再也合不起来，也无法再说话。事毕，老人转身就走，到了天黑了才回来。看到老人回家，这个女人急急忙忙走了过来，一副哀求的样子。老人挥挥手叫她把老公也叫来，贵老师刚好这个时候过来，只听见老人说："你老公人善良，也很勤劳，对自己的老婆也很体贴，你为什么成天骂人家？"同样一句话，老人问了两三遍。可怜见，这个女人哪里还能发出声音，根本无法回答。"现在你感受到不能讲话的痛苦了吧？"老人说道。女人连忙不停地点头。"可是，你老公多少年来都是这样忍气吞声的呀！打今往后，你对老公还会这样蛮横无理吗?”女人羞赧地低下头。“在一起过日子，就要相互体贴，记住，这一回我只是给你提个醒!”说罢，老人叫她抬起头来，说：“请我宽恕吧!”女人正想说些什么，老人抬手一顶，下巴顿时复回原位。停了好一会儿，这个女人才能说出话来，夫妇俩低着头同老人告别回家。贵老师是这个事件从头至尾的见证人，对师父用这种办法教训那些不讲理的人感到实在痛快。

从老人用这个方法惩治那位凶恶的“大嘴女人”的故事中，我们看到的是老人用武术与医术结合解决问题的一种方式。下面讲的则是老人用医术救人的故事。

1945年3月，日本人在河内推翻了法国人的统治。虽说此时世界法西斯的势力已然大大动摇了，但在亚洲，同盟国与法西斯之间的战斗逐渐进入高潮。力量占绝对优势的日本人夺取了河内的完全控制权，他们发布了戒严令，晚九时以后禁止人们上街行走，违者可被日本军队就地正法，不必向上请示。整座城市笼罩在紧张的恐怖气氛之中。

有天晚上十点钟左右，贵老师家里有个男人需要外出去看望一位垂危病人，由于情况紧急，他连戒严令也顾不得了。他从当时的冯兴路出发，穿过阮文祖街，就到了行皮街，其实只隔几条街就可以走到。男人正匆匆忙忙走着，突然听到有人大声呵斥，一个头戴下垂布条帽的日本兵走过来，腰间挎着一把长可及地的武士刀。男人见状慌忙解释，这顶什么用，日本兵什么时候用越南语同越南人对过话，战场上的士兵眼里只有一个词——命令。此时，双方尚隔一米远，只见日本兵抽出武士刀，在空中划了半个圈，然后熟练地冲着路人的背后从上到下猛然一劈。这一刀对着的可是一位手无寸铁的弱者，这也算武士道精神吗？刀尖先向下滑，再往上一挑，给男人背上留下一道长长的伤口。男人鲜血直流，跌跌撞撞走到安太巷一户人家的门口，高喊“救命呀！”由于恐惧加上伤痛，男人面无血色。日本兵的举动达到了他想要的效果，因为他已经给越南人留下了遇到“大日本皇军”时的那种深深的恐惧心理。屋主听到外面有人呼喊救命，急忙开门，见此情景，连忙把受害者扶进屋里。当天晚上，贵老师正好在家，见到屋主赶过来报信，便急急忙忙跑过来找师父救人。虽说贵老师的亲戚中不乏从医的人，但他打心里崇拜济公师父，更何况这次遇到的是刀伤。听了阿贵的诉说，师父连忙拿来自己的布挎包，找出一个装有药粉的小瓶子放进口袋，随即跟了过来。受害者已被送回家，正躺在床上浑身哆嗦，双目紧闭，脸色发白，鲜血透过两层上衣渗出。老人吩咐：“阿贵，马上把他的衣服全脱下来，轻点，拿药棉擦干净身上的血迹，擦干净伤口处，做完叫我。”说罢，老人坐在一张桌旁等候。师父也想利用这个机会教学生学会处理刀剑伤，战争时期更需要学会这一手。见到受害者满身是血，贵老师直发怵，他什么时候干过这样的活啊！可是这个时候怕也没用，只好咬紧牙关过去解开受害者衣服上的扣子，扶着伤员轻轻翻转身子脱下上衣和裤子，用棉花擦干身上的血迹。看到伤口还在淌血，贵老师就用酒精棉给脊背擦干净和给伤口消毒，伤者疼痛难耐，喊个不停。阿贵只好一边安慰伤者，一边快手快脚地操作。此时，老人掏出小药瓶，走近伤者，看了看后说：“幸亏只伤了皮肉，未伤及骨头及内脏，腰椎也没被砍断。”老人沿伤口撒上药，裂开的伤处则多撒上一些药粉，最后敷上棉花，用绷带绕身缠住伤口。说道：“三天过后就不痛了，痛的时候喝我开的药，现在没事了。”说罢叫人取来纸笔，老人用汉字开了药方。三天后，受害者的伤口果然结了痂，裂开的伤口也已闭合，新肉长了出来。这是老人多年在江湖生涯历练中积累的医术，竟然这么轻巧就治好了这样重的刀伤。贵老师还给我讲过师父非常熟练地用针灸治病的故事，因当时贵老师尚未学医，于是对老人用这种手法治病十分痴迷。老人爱用细针，取穴不多。操作手法干净利索，进针准，出针轻，根本用不着讲什么“迎、随、补、佐”等理论来论证所谓“进—留—回—退”的针法。

悦于艺

我见过不少教武术的人，学生少则几十个，多则成百甚至上千个。也有人专教拳脚功夫，目的是培养一些可以参加比武或打擂的人。这些人以武术为谋生手段，学武术要交费。通过教授武术获取收益，本来无可厚非，但要是有人多给老师交点钱，又将出现什么情况？这时，老师往往会对这样的学生更加关注，教给他更多的技能和知识，至于学生能学到多少东西，则又是另一回事。在这些武师的身上，我看不到“道”的半点影子，充其量只显示出“术”的那一面而已。

在河内或其他一些地方，我也有机会同一些良医坐在一起交流。诚然，他们均以治病为生，开药方、施以针灸等等，都是为了获取收入。无论是西医还是民族医师，他们都要对自己的专业负责，看病收费是极正常的事，但是，我们仍然只看到，这些良医还达不到我的老师经常教导的“悦于艺”的境界。此处讲的“悦”，是愉悦，悦于病人被治好病，病人感激医师帮助自己摆脱了病痛的苦楚；悦于运用前人的知识来悬壶济世。这些都是老师的期望，悦于自己为众人做有益的事情。对于济公老人来说，他的主要职责是为甘家的生意当参谋，或对所经手的货物进行监管，他不以教武术为生，顶多算是个家庭教师，教甘家的人习武，但也只教了阿强和阿贵。老人在越南生活了四五年以后，为了拓展社会活动圈子，也只是多教了几个人习武而已。一旦遇到问题，不管在什么样的处境下，老人都能妥善地加以处置。对于自己掌握的医学知识，只在必要的时候施展一下，而且是一用就灵。对于一个普通人来说，一辈子只要有一门本事学到家，用起来管用，能得到天下人的赞许，就算对得起此生了。济公老人天资聪颖，又得到了名师的点拨教导，学得有板有眼，有始有终，加上他有丰富的阅历，不管遇到多凶险的事，老人都能运用自己的本事应对自如，一出手准成事，这才是真正的“悦于艺”。

直到今天，我仍在努力依据贵老师给我讲的故事以及仅存的极其稀少的历史资料，讲述济公老人教学和为人处事的故事，以期再现一个时代具有代表性的，获得众人崇敬的人物的真实面貌和人生历程，让更多的人了解济公老人在越南是如何传授这门武术的。

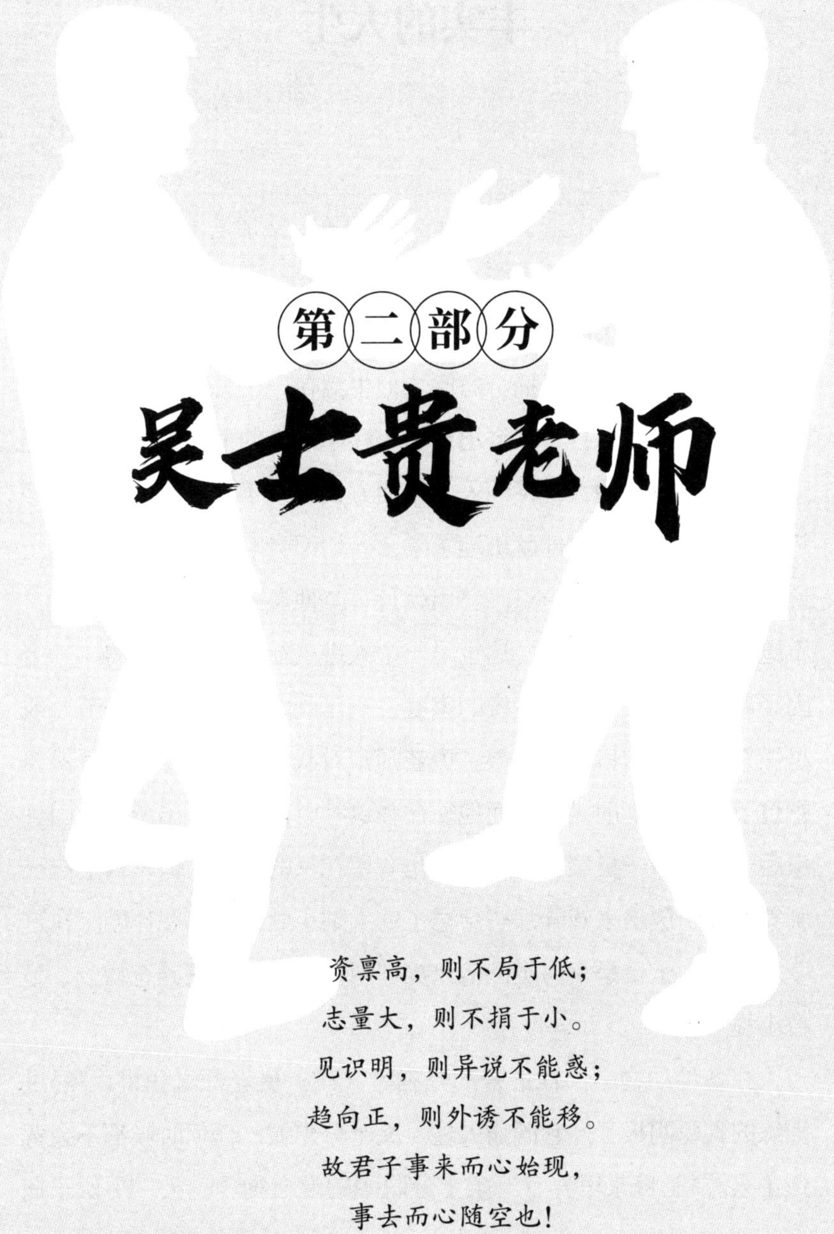

第二部分
吴士贵老师

资禀高，则不局于低；

志量大，则不拘于小。

见识明，则异说不能惑；

趋向正，则外诱不能移。

故君子事来而心始现，

事去而心随空也！

丰实的人生

吴士贵老师，出生于1922年10月22日，父亲是个通判，母亲做鱼露生意，家住河内马尾街。兄弟姐妹共六人，贵老师排行第三。

听老师和家人的介绍，贵老师小时候十分顽皮，胆大至极。要是能上天，他真敢把天捅个窟窿。他生活在一个公职人员的家庭，家族又是河内英东县育秀乡出过多个科举之士的书香门第，但贵老师却是一个有着独特个性的人，生活方式有别于常人。他的家里经济条件优越，要是按部就班地求学，一切都会顺顺当当的，可吴士贵认为，文化知识学一点，够用就行了，他喜欢交友和到处闯荡，不愿受家庭礼教的束缚，这也是一个人进入社会的极大障碍。一个因经商富裕，又有科举传统的家庭，一年到头家里过这节那节，或是做祭祀什么的日子多得很。贵老师常对我们讲起，每当家里做祭祀过节，总是高朋满座，而他往往在这种时候选择外出游玩，回到家后一人占着一桌菜自己吃。他也有留在家的时候，但常常把自己驯养的猴子放出来戏弄那些穿裙子的大姑小姨，净搞恶作剧。在这个家族中，士贵是个另类，他只痴迷两样东西；一是养宠物，二是拉小提琴。

在各种动物中，他最爱的是狗。一次，贵老师对我讲："经过训练的狗聪明极了，它既通人性，又十分忠诚，任何时候都不会背叛主人。"士贵家里养了一条十分聪明的混血狗。一天，小伙子把驯养的猴子紧绑在狗的身上，让它无法跳下来，有点像扑克牌中的那张王牌。士贵手执鞭子用力在空中抽打，口里喊着："快跑！快跑！"那狗奔出天井跑了几圈，实因被催逼得太紧，那狗害怕了，猛钻入床底逃避，可怜那只被紧紧绑在狗身上无法脱身的猴子，猴头被床沿猛烈撞击，活生生给撞死了。

音乐，对士贵有着特殊的吸引力，小伙子选择了一种高雅的乐器——小提琴。有一次老师同我谈心说，琴声可以开启人们的心扉，和着节奏，宽广而平静，急促而不杂乱，低吟而不柔弱……能够把多姿多彩的生活和不同层次的情感表达得淋漓尽致。士贵还是教堂唱诗班乐队的一员，每逢圣诞节都要参加演出。

士贵还有另一个爱好，就是到红河岸边策马扬鞭。士贵父母收养了一位叫阿荣的华人男孩，同样让他上学读书，过着好日子。兄弟俩经常来到红河岸边租马练习骑马跑马。这种剧烈的运动，也为士贵从小培养了胆大、勇敢的品质。

士贵生性爱自由，还在年少的时候，就总想摆脱家庭束缚。大约在1938年，河内一个华侨商人的儿子甘叔强，听了吴士贵的演奏，想要向他深入了解古典音乐作品。

这就是本书前面提到过的，贵老师踏上武术之路的最早契机。

1938年至1945年这个阶段，贵老师从少年步入青年，伴随着河内社会在这个时期经历的许多变化，他也留下了深深的记忆。

1946年，作为一个满怀爱国热情的河内青年，加上自身拥有的武术本领，士贵加入了首都"为祖国决胜敢死队"自卫军。完成任务以后，他与自卫军的多位队友撤出河内，而后，士贵继续履行着一个卫国战士应有的本分。我们后来在很多照片中都看到他因视力下降而戴上了眼镜，这是抗法时期恶劣的战争环境留下的印记。

1949年，为了培养越南军事干部，坚持长期抗战，越南陆军士官学校迁到中国云南、广西继续举办，许多老师和学生也随迁到设在那里的校区。吴士贵被选派去当老师，开始从事教育事业。在中国这样一个武术如同其他学术一样有着特殊地位的国度，每年寒暑假，士贵老师都有机会到各大城市的武术学校或武术中心，参观中国各种传统武术的表演，听到在这个领域从事管理和教育的专业人士对中华武术及各门派的总结和讲解。他们对中华武术加以分类，总结出哪些值得保存和发展，哪些适用于文旅活动，哪些适合在社会上推广，哪些适用于专业人士内部练习。正是从这些总结中，士贵对中华武术的发展历程，以及中国人对武术发展的战略思考有了更加清晰的认识，也正是到了这时，士贵更深刻体会到自己从小所学的武术的价值。他认为："太极拳适合全民普及以提高人的体质，咏春拳适合内部练习，其他门派应保留，作文化和旅游活动用。"

虽说如此，对于贵老师学过的武术，中国的专业人士也认为保存和恢复这门武术存在诸多困难："这门武术传授的人不多，高手更少，而且一些武师离开了祖国。"据一些武师告知，这个门派的打法虚虚实实，不露斤斧，曾被称为"拳上拳"。

越南和平重建以后，贵老师回到河内，组织上把他安排在师范部门工作。从此，作为一个经历长时间磨练并受到战争洗礼，具备优良品质的战士，贵老师运用先辈传授的知识，结合佛学、儒学以及现代哲学思维，把人生感悟运用到自己从事的崇高事业——教育工作当中。

同其他高等学校，以及后来的教育科学院的师生同事一样，贵老师也曾因战争而被迫疏散到外地，在那些成天遭受敌机轰炸扫射的极其凶险的日子里，整个北方过的是战时生活，人们只能收听“越南之声”的广播，广播员只能按审查过的稿子播出，信息量极为有限，大部分公职人员和市民都只能凭票证购物，除独生子外，适龄青年都要参军，有一整套完善的机制管理着这个国家。贵老师的生活也极其简单，有什么就吃什么，唯独茶叶和纸烟这两样东西不能缺。

1975年4月30日，国家获得了统一，通过无数流血牺牲，大众的这一心愿总算得到了实现，余下的心愿大家以为不久以后也会得到实现，那就是实现国家繁荣，人民幸福，衣食无忧。在教育领域，贵老师和他的同仁都盼望能有一次大的变革。各种全国性的美育、体育之类的专题会议陆续召开，会上对相关革新意见进行评估，可是后来没有一件事得到贯彻落实。如果今天的领导翻开当年的会议记录就会知道，不少宝贵的观点和意见依然可以运用到今天还做得极不到位的教育事业当中去。

完成了一个公民的义务和本分工作之后，贵老师于1980年退休，直到1997年去世。他利用退休后的这段时间对自己从小学习过的知识进行总结和梳理，并提出了一整套锻炼的方法。

丙巳年（1996年）末到1997年初，贵老师两度心肌梗塞，身体已极度虚弱，并于农历十二月廿八日凌晨3时50分离开人世，享年七十六岁。

当一个人走完一生时，他的不同人生阶段会浮现眼前，不论贫富贵贱，不同的时间段都会受到年龄、生理、心态、见识、环境的支配。同一个人，小时候是这样，长大以后又可能是另一个样子。青春年少时容易冲动，老了变得沉稳，这是很正常的。只要把这些不同特点加以综合，就能展现一个人一生的完整画卷。

接触贵老师的时间长了，我看到一点：过去老师很少谈及自己，这是一种隐秘的人格，不爱张扬。他往往是先冷静观察、思考，得作出结论，而后采取行动，我觉得这种性格同我十分接近。要了解一个人的各个侧面，才能把自己所学同老师的人生和思想紧扣在一起。总之，要读懂济公老人，读懂贵老师，才能真正深刻地理解他们的学术价值。

下面记述的这些故事，是我向贵老师学艺，或是陪同老师远游时老师讲述给我听的。

吴士贵老师

同卖艺者比试

那一年，贵老师步入十八岁。二十世纪四十年代的河内同今日完全不一样。那时未有统一公园，古鱼路（今青年路）也只是一条4米宽的街道，城郊的椰子街、栋莫街和国子监路一带，到了晚上也只有几盏冷冷清清的浅黄色路灯。这样讲，是让读者知道当时还剑湖四周还是各种文化、娱乐、休闲、饮食等生活场所最集中的地方，来自纸桥、瑞溪、河东和梅市的有轨电车一律通往还剑湖边，终点站都对着那间红云—龙云冰淇淋冷饮店。那个年代的小孩都会哼着这样的歌谣："今日周六啊朋友，明天周日游还剑湖……"

那天正好是星期日，还剑湖周围游人如鲫，四周的人涌入市区游玩，市区内的人也往往在这个时候到这一带采购各种物品。小朋友围着捏面人和捏麦芽糖的档口看热闹；老年人则坐着观赏龟塔景色；栖旭桥边，有人坐着让画人像的画师在画布上涂涂抹抹……

玉山寺门前，有一块较为宽阔的空地，有个表演魔术和武术的班子，准确点说是个摆摊的杂耍班子。有演员正在表演喷火焰、翻筋斗、钻火环，或耍飞碟等把戏，他们敲出咚咚的鼓声，招呼远处的游人前来观看。游人停住脚步或看表演，或看武术打斗。有机会亲眼看一看，谁不高兴？每表演完一个节目，班子里就有个小孩举着圆盘兜圈子讨赏。赏钱随意给，多少不拘。围观的人越来越多，圈子越围越大。正好此时贵老师路过，看到有人正在表演戟尖刺喉术。还在少年时，贵老师就多次看过这类表演，当时也没有追问个中原由，因为济公师父早已讲过这是怎么回事。但这一次贵老师还是停下脚步上前观看，只是不去干扰人家，让人家混口饭吃。

只见一个身穿绿色丝绸服的少女，腰间系着一条红绸带，手执长戟刺向对面扎马步的男青年的喉头，戟身开始弯曲，少女往前移步，戟身弯得更甚，那位男士的喉头依然安然无恙，不见流血，孩子们都瞪大眼睛观看，大人们则叽叽喳喳赞不绝口，讨赏盘里的钱越堆越高，突然一声高喊，那男士用力一顶，女孩子的戟被弹开，鼓声煞住，演出结束。

接着，杂耍班里有人抬出一块门板大小的木板，宽六十厘米，长两米，板上画了个直径四十厘米的圈，中间有个杯口大的红圈，这是要掷飞镖了。在木板后坐着和站着的人向两旁分开以防不测。为了证明这个节目的难度，那位扎着红绸腰带的少女拿出几支飞镖请观众试试，有几位站在前面的青年人自告奋勇站出来要试试身手，结果是，投出的镖要么飞出板外，要么飞向板脚，要么飞过板顶，偶尔也有飞向圆圈的，却没扎上木板掉落在地，真难！少女站了出来，距木板五米处连发三镖，均命中圆圈，飞镖插在红心边边，现场响起了一阵阵掌声表示佩服。为了展示自己的才艺，轮到那位男青年站出来，他连发五镖，五发均中红心，“这么难也做得到!”“五发如一!”“若是人被击中肯定要送命!”赞叹声中雨点般的钱币投入盘中。贵老师想，自己也应站出来给大家添点欢乐气氛，随即走上前去征求班主的意见：“让我试试?”“请!”那位男青年十分爽快地递过三支飞镖，贵老师认出这是一种圆身飞镖，镖尖扁平而锋利，镖长约20厘米，这种飞镖不能直发，要翻滚发出，虽说过去自己最擅长的是扁平如嫩芽的镖，但也练过多种镖型，所以对这种镖并不算陌生。贵老师从木板处走向少女之前站的地方，量了量班里人投镖的距离，然后再向前迈三步，离目标更远了一些，难度也更高了些，班子里的人望着老师，周围的人的目光也都盯着老师。贵老师挥手发出第一支镖，只见飞镖在空中翻滚一圈后插入红心旁边，所有人都“哦”地发出一声惊叫！这只是小试牛刀，贵老师接着又飞出两支，飞镖双双插入红心，两支镖靠得很近。这时，掌声惊呼声响个不停。贵老师又借来三支飞镖，再向更远处迈出三步，距木板约十米远，老师飞出第四支镖，又命中红心，大家还来不及反应，老师转身一百八十度，连发两镖，只见前后两只飞镖紧咬尾巴，翻转一圈，飞向红心。“高啊!”“一定是有功夫才这么厉害！还未见过这种飞镖法!”观众你一言我一语地品评着。贵老师微笑着从少女手中接过盛钱的盘子兜圈走，请好心人打赏，只见盘里的纸币叠叠升高。老师笑笑，把盘交还那位少女，并向那位男青年道别，然后转向正以叹服的眼光看着自己的观众，“我是来同班子一道给大家添点欢乐的，祝大家周日快乐!”

一边是友情，一边是越南人的自尊心

考虑再三，我才决定（就算决定了我仍在犹豫）记述下贵老师和他的好朋友甘叔强之间发生过的这件事情。原因是，如不把它写出来，就等于舍弃表现贵老师性格特征的重要一面，这也是河内青年乃至越南青年在革命高潮时期的普遍特征，若把它写出来，又会给那种纯洁的同门弟子的友情留下一道伤痕。这，可是济公师父唯二的同门弟子之间的友谊啊！然而说到底，我还是要尊重事实，因为美的永远是美的，每个人都会在自己的某段人生历程中暴露其真实的一面，那就是在遇到事情必须做出抉择时表现出来其真实的一面。

事情发生在1945年春天，那时，越南社会状况相当复杂，第二次世界大战已进入重要的转折时刻，包括法国在内的同盟国力量逐渐由被动转为主动，苏联红军已进入了反攻阶段，并已越过东欧边界，向着法西斯的巢穴进军，德、意、日法西斯还在疯狂地死守已经夺取的地盘。在越南，法国人正为收复曾被其统治了几十年的地盘而调兵遣将，但日本人的军事力量在此地还占着明显的优势。越盟（越南独立同盟之简称）正在大力吸引各个平民阶层和劳苦大众参加其运动，当时冒出来的一些形形色色的党派还未计在内。当年，吴士贵和甘叔强都还是二十三岁左右的青年人，阿强已经参与其父亲和济公老人操持的经营活动，打理着西贡、海防和中国香港等地的生意。不管社会如何动荡，商品流通依旧按照市场需求不停运转。

阿贵还未选好适合自己的事业，经商他不喜欢，到各种公务机构任职他又不愿意。越南社会正处在变动之中，他只想做自己认为有意义的事情。那天晚上，为了庆贺甘家老东家的六十大寿，按照当地华人，尤其是有钱人家的风俗习惯，要为主人举办盛大宴会以示庆贺，因为他是这个家庭，乃至整个家族精神和物质财富的主要靠山。

一般来说，到了这一天，哪怕是远在外地谋生的亲人，也要回来团聚，邀请范围甚至扩大到叔、伯等亲戚。而甘家是个财力雄厚，经营范围又十分庞大的家族，在河内的华人社会中也很有地位，所以，阿强的父亲做寿还邀请了一些有权有势的人，这些人对家族生意的影响力很大，处在动荡的社会中，这样做很有必要。

寿宴在晚上举办，设在一家很有名气的华人开的酒店。眼看天渐渐暗下来，此时，从大门口沿着走廊一直延伸到宴会大厅挂满了点亮的大红灯笼，一排古铜烛托上点着巨大的蜡烛，把红、黄各色的玫瑰花、菊花照得通亮，仿佛进入了欧洲的宫殿。宴席按不同等级的客人依次铺设白、黄、红各种颜色的桌布，宴席前面立起一面高及屋顶的假墙，墙上挂了一条长长的锦缎，中间写有一个十分生动的“寿”字草书，两边还写有对联：宾客好心来喜喜，主家诚意祝欢欢。

客人一批批到来。西方人穿着豪华，男宾打着黑色蝴蝶结领带，脚穿锃亮的皮鞋；女宾穿着雍容华贵的连衣裙；高龄人则拄着拐杖；华侨客人多是商家，同样西装革履打领带；还有十来名穿军官制服的日本宪兵，不同于往日的是，他们这时不戴帽，也不佩剑。越南客人除几个行政官员，多半也是商人。可见，这是一次盛大的宴会，来的客人不是有官位，就是社会上有头有脸的人物。阿强也留有几席，专用来招待给家人道贺的朋友，他们几乎都是华人，只有一位知心朋友阿贵是越南人。

阿贵当天也是一身光鲜，脚穿白色皮鞋，比起当时的青年人，打扮要时尚得多，但有一点不同，这是当天朋友中所没有的，正是这一点，成了两位要好朋友之间产生嫌隙的缘由。那天阿贵头上戴了一顶别着一颗象征越盟的红五角星的贝雷帽，从穿戴的角度说，这样的帽子同身上穿的那身衣服是极不相配的，再者，客人一进入室内，尤其到了庆典大厅，已没有人再戴帽子，更何况这顶帽子象征着社会上正在兴起的新生力量，这股力量代表的是社会上占大多数的穷苦大众，而今天这个寿宴，是上流社会人士的聚会。吴士贵却表现得十分坦然，边微笑点头边走向安排给自己的座位。开始只有部分来客偷偷看着他，接着越来越多的目光都投向他。这时，阿强才意识到阿贵有点异常，也看到了客人对自己的好友流露出的异样神情。既然自家是今天的主家，阿贵又是自己的亲密朋友，阿强凑近阿贵耳语："阿贵兄弟，请你把帽子脱下好吗？"望了朋友一眼，阿贵明白朋友的意思，答道："阿强兄弟，你既然请我来，就让我照自己的愿望去做好了。"这就是分歧。这可不是平时，阿强心想，阿贵这副穿戴出现在寿宴上，无论对在座的官员还是其他客人都很不合时宜。"你戴这样的帽子有点不方便吧？"阿强小声提醒道。"我懂，但所有来的人都是客人，也都尊重主人，没有别的意思，再者，我是你的朋友，对于一切我珍惜的，喜欢的事，我随时都会去做。"阿贵答道。"阿贵兄弟，我父亲今天请来那么多的客人，只是为今后的家族生意而开展的社交而已，我们华侨对越南人怎么做都不会介意，但今天有西方人士参加，这样做就有点不合适了，特别是在座的还有日本人，就怕还会引起他们对我们家族的误会。”也罢，既要照顾朋友，而自己还要保持自尊，阿贵用异样的眼光看了看阿强，说：“阿强兄弟，我明白，我懂的，我什么时候对你都是真诚的。今天，你是这里的主人，要大大方方地招待客人，以减少你们家族生意上的麻烦，且你已一步步成为家里的顶梁柱，而我是越南人，我戴这顶帽子，是因为我十分珍惜它，它给予我们勇气。我爱我的国家，我不能不戴这顶帽子。我将离开，让众人不再看到这顶帽子，让今晚的宴会能圆满进行。”

阿贵选择了非常特别的处理方式，既不放弃头上顶着这顶帽子的自尊心，也不给朋友好好招呼客人添麻烦。

说毕，阿贵站起来与同桌人告别，并离开了尚未开始的宴会。阿强连忙过来送客，两位多年的好朋友之间就这样第一次出现了沉默到令人窒息的紧张氛围，走下最后一个台阶，阿贵回过头来望了望阿强，四目相对，似乎每个人都已选择好了自己未来要走的道路。

贵老师后来同我讲了这个故事，我也是个有心人，问道：“当时济公老人不在场吗？”贵老师说，济公老人坐在招待华商的另一边桌子上，从阿贵进入宴会厅，两位朋友交换意见，到阿强送走阿贵的所有情节，老人都看在眼里，他心里也都清楚是怎么回事，但老人只是静静地看着，坐着不动。如果诸位还记得前面说过的，后来，在1946年，老人还派人过来请阿贵同阿强一家一道迁往南方居住。

打金补

阿金是行银街一个青年人的名字，因为他从事修补车胎的工作，为了区别于其他叫阿金的人，人们管他叫做“金补”。这样的称呼，也是为了暗骂这个街道上无恶不作的青年人。

金补从小就从事艰辛的劳动，他没有父亲，同一位他叫妈妈的人生活在一起。在街道上，任何时候都会有一些得不到家庭良好教育的小混混，尤其在生活在社会最底层的人群中。这些人很多时候都是按照自己的本能行事，处在弱者地位时，被强者欺负，觉得自己比别人强时，又会去欺负弱者。据贵老师回忆，金补性情孤僻，皮肤黝黑，长得高大健壮，对人十分凶狠，在这几条古老的街道上是个出了名的爱打架的主，街道上的小孩子，只要碰到他，或被扇耳光，或被踢屁股，哪怕只是被他怒目而视，也会被吓得魂不附体。有的青年人遇着他，看到他举着扳手，或扎轮胎用的锋利锥子什么的吓唬人，就知道这厮是个不要命的家伙。这些刚长大的年轻人都用恐惧的眼神看着他，为了不惹事上身，多半只能忍气吞声，或受其所迫，送些东西给他，以息事宁人。

阿贵也不例外，虽说他个性倔强，不易屈服于人，但他那时还只是十二三岁的半大孩子，知道自己的力气不如金补，所以也不敢惹他。然而，“蚯蚓老被掐也要反弹”，到了十六岁那年，阿贵已长成一副硬朗的身子骨，又遇到了济公师父，同甘叔强一道学习武功，那股倔劲又回来了。倔强的性格似乎在告诉阿贵，是时候“做”金补一下了，这股勇气终于找到了爆发的地方。贵老师说：“也实在好笑，才刚学到一招手头拳，竟敢瞒着师父去打架，要是让师父知道，必是死定了。”

那天，阿贵对谁也不说，独自悄悄地去见金补。打架也有多种打法，仗着人多打人，是“依众胁孤”，太下作；以大打小，太下流；以强打弱，太差劲；不敢正面出手在背后暗算，是小人。打架也要讲君子，当着面来，堂堂正正，按约定好的办，至于是赤手空拳还是用“兵器”都得遵守承诺。阿贵来到补轮胎的档口，把金补叫出来，金补抬头一看，认出这小子，知道他就住在马尾街。“老弟，有什么东西孝敬老哥啊?”他习惯于这样子向小弟辈们问话。“我想同你比一比!”阿贵答道。金补用惊讶的眼光望着阿贵，从未听过哪个小字辈敢同自己讲这种话，金补再问一句：“你想死吗?活腻了吧?”“我想同你比一比，如果接受就约好时间到红河岸边嘉林桥脚那个地方，一对一，空手对空手。”阿贵声音不大，但讲得十分清楚，直视着金补，摆出一副挑战的架势。金补犹如一匹被捅了刀的野马，瞪大眼睛怒视阿贵：“臭小子，老子宰了你!”“明天早上八点钟，我一个人在那里等你。”说罢，阿贵掉头就走。

第二天，约上午7时30分，阿贵离开家出门，脖子上围了条围巾，一直步行走到河岸的沙滩中间。我十分好奇贵老师对这次“挑战”到底抱的是什么心态，处于年少之时，竟敢同比自己强的对手打斗，而且对手还是个亡命之徒。“因为厌恶被欺负，所以决心要打。”贵老师说，但其实他的心里还是有顾虑，万一这个流氓使用什么器械，而自己又未学过克制之法，那可怎么好。

到了约定的地点，金补早已站在那里等候，也不知他是什么时候到的。对于金补来说，可能觉得这只是小事一桩，所以他并不怎么把这事放在心上，他曾遇到过一大帮年轻人来围攻他，都被他像赶鸭子般追得四处逃窜，何况对付这个乳臭未干的小子，他根本用不着多考虑，但为了防范阿贵叫来同伙，金补还是带上了一个扳手。

见到阿贵一个人来，金补一下子把手上玩得正团团转的扳手甩在地上，叫喊："单独一个人来是吗？行，想尝尝哪种滋味，臭小子，只'喝粥'还是'加粉果'？"阿贵解开脖子上的围巾，扔向身边的草丛堆，干脆地问："准备好了吗？"

金补二话不说，双手握拳冲过来连连出手重击，阿贵左右移步，这可是学过的，然后挥拳回击阿金的肩膀。金补一拳也没击着，转过身来，满脸涨成紫色，向阿贵腹部连击两拳。阿贵在中路双手合把对方的拳头向下压，金补打过来的摧山拳被挡住，一时失势，头脸冲下，但脚还留在原地不动。阿贵顿时用两个手掌从其身侧向上砍其脖子，正中其舌根处，虽是刚学的一招，用得还不够熟练，发力也不够狠，却已能正确运用前人总结出来的险招。这一招正中对方要害穴位，金补"呀"地喊了一声，眼泪顿时冒了出来，只因阿贵用力还不到位，只是把对手打痛了，未能一下把他打倒。阿贵立即转换右手对准其下巴又是一掌，左手向其丹田猛击一拳。"真爽，他完全暴露在我的拳脚之下任我痛打，"阿贵想道。金补感到很痛，但更让他痛苦的是身为长辈，却在这小子面前丢尽了脸。尽管金补挨了几下拳脚，但毕竟他的体质甚佳，又长期从事体力劳动，加上阿贵的出手力度还不够重，金补很快缓过劲来，又冲过来对着阿贵狠踢几脚。阿贵稍向侧边移动，使其脚踢空。到了这个时候，金补狂性大发，哪里还顾什么君子小人，光明正大还是下作，抄起地上那只扳手在空中如蝴蝶扇翅般抡动，向阿贵直扑过来，阿贵连忙捡起围巾防守。金补冲过来当头一击，却偏向了阿贵身侧，待他举起扳手正要第二次攻击时，阿贵迅速迫近金补身侧胳膊，亮出底牌狠招，一手用手指直插这凶神的双眼，另一只手抓住其头发往下压，继而双膝向上撞击其两只眼睛，金补两眼直冒金星，什么也看不见了，阿贵却越打越顺手。

阿贵扔掉围巾，两手同时揪住金补的头发，用力把他的头往下压，使金补全身趴在地上。阿贵又用双脚猛踢其太阳穴。此时，金补只感到恍恍惚惚，有气无力，嘴巴直哆嗦，完全丧失了战斗力。到了此时，阿贵才清醒过来，见这个恶棍已瘫在地上，不好再打了，便说道："今天是先让你尝一下滋味，过两天后再来，如果再拿来什么器具，就别怪我不客气了。"说罢阿贵捡起围巾和那只扳手走了。那天的打斗只用了约五分钟。勇气，有了，凶险，也遇到了，但最要紧的是阿贵把金补给打败了。与此同时，阿贵越发自信起来，因为刚学到的武功招式都用上了。顿时，阿贵觉得自己变成了一个"新"人。

按约定，两天后阿贵来到金补的补胎档口，见到阿贵来了，金补表现得很犹豫，脸上挨揍留下的紫色淤血斑块还未消退。金补慢步走出门口，两人面对面站着，阿贵问："再比一比吗?"不见回答，两人相距很近，但都沉默着，一个直视，一个低头向下。周边的叫卖声、三轮车夫敲的当当声，人群的嘈杂声依旧，但是面对面站着的两个人，却沉浸在难以言状的恍惚心思之中，外界如何喧嚣都与他们无关，再拖延下去已没有什么意思，再问，也不见得回答，算了吧！阿贵把扳手还给金补，转身走了。

打这以后，金补变了个人，变得善良了。邻近的少年们都感到奇怪，怎么现在路过补胎的档口，再看不到金补那副咄咄逼人的流氓相了，只见他埋头修补轮胎，不言不语，那副凶神恶煞的脸也松弛多了。看到金补的变化，慢慢地，有一些人出于善心，逐渐送给金补些糕点、糖果、话梅之类的小零食。后来，阿贵每每在路上遇到金补，都善意地点点头，看似彼此十分熟悉。

高超的武术，高尚的武德

1949年，中国的革命取得了胜利。

同一时期的越南正在进行一场反对法国远征军的长期战争，迫切需要一个和平的后方，为抗法战争培养军事指挥干部。与此同时，还需要送去一批青年学生和少先队员，把他们培养成战争结束后建设国家需要的人才。根据中国共产党和越南共产党达成的协议，在中国云南和广西先后建立了陆军士官学校（1950年）和南宁校区，后者时称广西南宁育才学校（1951年）。

贵老师获组织选派到友邻国家的校区从事对越南学生的教育工作。由于还处于战争时期，组织上集中了一批稍有各种专业知识的干部和教员来进行这项工作。当时的教育要求是，以德育为根本，专业知识能学多少都算好。

教师的情况是这样子，那么选送到校区读书的学生又是按什么“标准”呢？在平原和城市地区，往往是那些有着特殊处境的小孩，他们或是失去父母的孤儿，或是因父母抗战牺牲的烈士子女；在山区，则选送那些表现勇敢、大胆，曾就读于青少年班的孩子，或是少先军（已参军的低龄少年）。

校区要求，教师要在作风、语言、生活的各个方面起模范作用，这一点好理解，尤其是全国正处在长期抗战时期。学生则要求用功读书，遵守纪律、爱友、敬师……这些也不难做到，因为他们年纪还小，是幼苗，易于教育培养。

在头一批越南学生中，有一个来自西原地区的少数民族青年，把他选送来这里读书，是出于为少数民族地区培养干部的长远考虑。对这类学员，学校和老师一般都会在学习上给予特殊照顾，值得一提的是，这位学生有点特别，他学过武术，武功还挺好，曾孤身一人攻下过一个法军据点。

可是，这位年轻人却不爱学文化，对学校的诸多规矩也很反感。他常常说，我大字不识一个，有什么好学的；学文化花时间太多，我去打猎，一天工夫就有收获；正在睡得暖呼呼的，为什么要起床做操？鬼子我都敢打，起床后把被服叠得整整齐齐的有什么用？我们民族从不这样做，照样活得挺快活；为什么要敬爱男女老师，他们要我做一些我讨厌做的事，还要爱他们？为什么要我称那些比我年纪小的人为朋友，他们本来就是弟妹，在我家，小的要怕大的，小的要称大的为哥哥，大的同小的在一起从来不互称朋友……凡此种种，老师和学生之间，教育与观念、亲善与横蛮、规矩与本能冲突不断，彼此老是谈不拢。对这种特殊的出身与性格，虽说是极个别的情况，但老师和学校都未能找到一个好的解决办法。若是拖着不解决，不仅教师们难受，整个学生集体也不满意。

正当校方一筹莫展，教师们也感到不耐烦的时候。贵老师提出了一个解决办法，这种办法是之前的教学中从未见过的，大家都感到很突兀，现在要用这种非常规手段去解决问题，大家也有点难以接受。贵老师提出的办法是：用武力压制，使之屈服。贵老师解释说："按我的理解，在教学方法上，可以有多种方法供老师选择，教亦多术嘛！"这是一个在生活、认知、性格上都具有特殊性的学生，我们用通常用的教育方法对大多数人管用，但对这个学生却不管用。教育的本义是不能脱离受教育的对象，对象可以是一个集体，也可以是一个个人。现在我们面对的是个少数民族孩子，他习惯于无拘无束地自然生活，偏向于用拳头解决问题，这种人只听让他服气的人，建议领导挑选个懂武功的人，用武力折服他，这样才能解决问题。

显然，这是非传统的教育方法。在战争年代，我们选派学生的方法本来就是非传统的，如果学校领导不接受贵老师的这个办法，也找不到其他更好的办法。曾经以道理说服，他不听；用情感打动、劝告，他不接受；严肃警告，他马上反弹；班级集体提意见，他表现反感；纪律处分，他又不予理睬。看来不得不试一试这种办法了，那就是找一位老师（当然不能是女老师）把这个特殊的学生“打”一番。问题又出来了，选谁好呢？用强力教学的办法，看来只能找体育教师或生活管理的教师才行。可惜，那些曾经出生入死的战士，勇敢精神有余，但并不是个个都会武功，再者，大家要面对的是一位少数民族学生，又不是敌人，如果有什么闪失，很可能出现难以预料的后果。

办法有了，可是还未找到付诸实施的人选。这时，贵老师才站出来说，由他来实施这个办法。众人都感到愕然，贵老师是负责美学教育的音乐老师，很清瘦，身高1.65米，一副“白面书生”的模样，喜欢开玩笑，从未见他玩什么体育，更不要说懂武术了。但是，这办法毕竟是他提议的，现在又自告奋勇来承担，尽管大家“半信半疑”，但还是接受了。

贵老师动身去找这位年轻人，此时同学们都已到了大教室上课，而他还躺在床上哼着家乡小调，看见老师来了，小调虽然不哼了，但还是懒得坐起来。贵老师坐在对面的床铺上，问道：“老师知道你武术高强，你愿不愿同老师比比？”这个学生“啪”地一声坐了起来，眼睛瞪着老师，自己年纪虽小，但力气肯定更大。便说道：“老师，你是当真的吗？”贵老师边笑边轻声地说：“老师也十分喜欢武术，知道你有武功，想同你比一比找点乐趣，免得老想家，你看怎么个比法？”“你喜欢用盾牌和刀吗？我的武功可是很棒的！”学生答道。看到这个年轻人开始来劲了，贵老师心想，这回可搔着他的痒处了，只要能把他收服就有办法。便说：“太好了，你们高原人擅长滚盾、山龟打法是吗？”“嗯，这点老师也知道？”“不，我只听人家说过。这样吧，你去找块木板当盾，刀嘛，要到集体食堂才能借到大一点的刀，跟我到厨房走一趟，我帮你借刀去，好吗？”老师边说边善意地望着这位学生。“那老师用什么？”“我用一根木棍，比我身高要矮一点，行吗？”老师轻松地微笑，看到这位年轻人跃跃欲试了，老师继续采取攻心术：“男人要讲诚信，会武功也要遵守诺言。我向你保证，如果你打赢我，老师会请求学校领导放你回家乡，不用再读书了，如果我打赢了，你就要听老师的话，你肯承诺吗？”老师看着对方的眼睛，既是鼓励，也是挑战。“我承诺！”他简短有力地回答，声如洪钟，满怀傲气。“太好了，明天早饭后我们比武，现在到厨房选大刀。”贵老师语气干脆，拉着他离开宿舍。

次日早上，等所有学生都已到课堂上课，贵老师便到宿舍带上这位“治不了”的学生来到宿舍区后面的大草坪处。此前贵老师只告诉了学校教管处的一些人，交代他们不要到处散播，所以只有少数几位负责人知道此事，若要想了解比武情况，只能躲在门后偷偷地看，不能让这位年轻人知道，以保全其面子。贵老师手执一根用剥掉树皮的老榕树根做成的棍子，这是他前一天下午才为自己打造的武器。年轻人也从厨房借到一把用来砍牛骨头和劈柴用的大刀，盾是他自己用木板加横条钉制的，直径约一米，中间系了一条结实的绳子。双方的武器都是自制的，只是两人身份不同，目的各异。

看到一切准备就绪，贵老师简短问道："准备好了吗？开始吧！"老师把棍置于中路，保持平衡，把棍的一端指向对方，表示谦让，显得很放松。年轻人左手握盾，把脖子到膝盖处全都遮住，右手握刀藏于盾后。

年轻人从盾顶露出两只眼睛，双脚左右摆动移步，试探对方，全身藏于盾后，只露出两只脚和半边脸，相当隐蔽。贵老师马步向前，对着盾牌猛击一棍，以观察对方的步法，只听"噗"地一声，对方停下，不再向前移步。补充说明一点，高山地区的武功，不如各门派的武功那么讲究进马和招式的严谨性，他们以自然、迅速、强力和果决作为战斗的决定性因素。

经过几分钟的试探，年轻人开始主动进攻，他旋转盾牌包住全身，直奔老师，有如一堵墙压迫过来。贵老师等盾牌离身体约半米时才突然向侧面移动，等对方露出侧身后刚要落棍，对方也恰好挥刀砍过来，真险！年轻人的武器用得很熟练，老师立马把棍向上一挑，两人的武器在狭窄的空间相互撞击，发出冷冷的"嘎"的一声。老师仍用济公师父教的心理攻势激将对方，说道："真厉害，不过就会这一招吗？还要打得更狠一点才行！"

话语中既有赞赏，又暗含激将。年轻人加快出手速度，护身盾牌飞快旋转，左右摆动，就像一个伸缩的大活塞压向贵老师，藏在盾后的大刀也忽左忽右快砍，同步夹攻。这一打法的优点是防守严密，加上力量大，攻击效果倍增。

贵老师横跨两三步，再后退，脱离对方的砍杀范围，同时马上意识到，对方的打法完全依赖“观察台”和双脚——双眼确定方位以出击，双脚用于缩短与对手的距离，盾牌用以阻挡和化解对方攻击，大刀则用于砍杀。

这时，有十几双眼睛躲在门后紧张地注视着春日阳光下在草地来回拼杀的两个人影。后来这些教师重述了当时的担心：只见这位西原学生以勇猛的压倒优势不断压迫过来，而贵老师只是避、让、退。

此时，在贵老师的脑海里，又浮现出当年与阿强一起，同师父进行对打练习时，被老师迫近过来出拳的情景，是时候出手收服这个桀骜不驯的对手了，但是又不能出手太狠把他放倒，达到警告的目的即可。

“啪”，第一棍击中盾牌顶部，打向对方双眼观察之处，这一棍如稍有偏差就会击中对方前额。对手立马像只缩头乌龟缩下脑袋，暂时失去观察能力，老师马上挥棍打击这只“乌龟”的右脚面，中棍之后，年轻人本能地降下盾牌收缩双脚，老师随即又向盾顶狠狠一击，迫使对方抬高盾牌遮挡，否则头上将挨棍。不出所料，为了保护头顶，对方又把盾牌抬高，只听到轻轻的“咔”一声，对方的左脚面又挨了狠狠的一棍。

盾牌立马降下接近草地，把整个身躯龟缩到盾牌后面。年轻人右手在盾牌顶上舞动大刀，为抬头观察扫清障碍。贵老师往后退了一步，观察对方还会出什么招式，并保持适当的节奏，不至于过猛压制对方。这时候，年轻人不再像一开始那么凶狠进逼了，就留在原地防守提防对方再次出招，因为他的两只脚面都已挨了棍子，移步已感觉困难。这时候贵老师准备结束这场对阵了，他挺直身子连击两下，两棍均打向盾牌，第一棍刚弹起就又往下击，而且后一棍比前一棍打得更猛。年轻人“嗖”地一声站了起来，放低盾牌，挥刀砍向木棍。来得正好！老师把棍头旋转一小圈，顺着刀口向下滑过去，顺势再快速横扫一棍，击中对方握着刀把的手，大刀顿时飞到离主人几米远的地方。

“啊”的一声，在附近房子里发了出来，这是正在偷看的老师们发出的惊叫声，他们全然忘记了贵老师交代的只能静静偷看的话。

贵老师再次用棍击向盾顶，年轻人又把身子龟缩于盾后。时机已到，贵老师再次逼近对方，棍、脚同时出招，压向盾牌猛烈撞击，年轻人因脚疼痛，再也顶不住了，整个身子被弹向后方，跪倒在刚刚返青的草地上。

这时还未了，比武仍在继续。年轻人在地上滚了两圈，大刀又回到手上，他以跪坐、翻滚等各种动作，把盾牌当作“龟壳”用以护身，手上的大刀则伺机作出决定性一击。

不管怎样，跪、坐、滚终究都没有站着的人动作灵活。贵老师兜圈移动马步，棍子不断敲打着“龟壳”的头部，年轻人用盾挡住坐在原地转圈圈，老师在外圈兜着走不断落棍，大刀再也发挥不了作用了。

兜了四圈，见年轻人只顾龟缩在盾牌后面抵挡，已无力作出反击，贵老师决定结束这场比武。他连续挥棍，猛力击打盾牌四五下，使对手完全龟缩于盾下，然后把木棍放低至地面，插入盾边。老师弯腰及地，出其不意突然起身，用棍作杠杆，把盾牌用力向上掀翻。因事发突然，年轻人无法抓住盾牌，盾牌翻滚了几圈后掉在地上。贵老师双手握棍，猛击年轻人手上的大刀，因用力过猛，大刀飞起后插在地上，幸好没有插中年轻人的腿脚。此时，对方还在坐着，贵老师迅速趋前一步，棍子如雨点般敲打着草地，使对方无法再去抓刀，被迫坐着不断后退。年轻人的“乌龟”外壳刚被剥掉，又丢了大刀，贵老师捡起大刀甩向远处，继续执着棍子向前攻击。

年轻人伺机又抓住了盾牌，使出了最后搏命的一招。他双手握住盾牌，扭着身子旋转蓄势，而后突然松开双手，把盾牌朝着贵老师飞过来。好快！好突然！对方这一招玩得很熟练，使出了撒手锏，到了最后关头才用这一招，十分毒辣。由于两人相隔只有几米，距离太近，贵老师来不及防避，只好把木棍立在地上旋转，盾牌旋转着飞了过来，“咣”地一声，盾牌撞上了木棍，因棍子正旋转，没被切断，盾牌偏向一侧落了下来。

年轻人坐在地上，一条腿弓起，另一条腿伸直放在地上，一只手撑着地面，另一只手张开巴掌，准备接受对方致命的一击，如同一只落入陷阱的野兽，但又不甘心就此死亡，充分体现出西原人勇敢的本性。

贵老师走过来，把手上的木棍扔到后面，目光炯炯地望着这位年轻人，说：“今天，用武器比试到此为止，等你的伤好了，再来徒手比试。”年轻人低下了头，知道贵老师不会接着打了。贵老师用手扶起年轻人，搀着他向宿舍方向慢慢走去。

不用讲大家都清楚，这一回校区里的老师们有多高兴，大家都为解决了这一教学挑战而松了一口气。另外，人们发现，在同事当中竟然有一位如此儒雅、风趣、敦厚，平时不显山不露水，只在遇到困难时候才站出来的奇才。取得初步胜利以后，贵老师跟大家说还得慢慢来，等他用武功彻底收服这个难治的学生，让他口服心服，才算大功告成。

大概过了一周时间，年轻人两只脚面上的淤血渐渐散去，行走也恢复了正常。这些日子，贵老师每天都过来同他聊天，同学们也都友善地为他护理脚伤。虽说已见高低，但贵老师依然表示了对这位西原青年盾刀功夫的钦佩。年轻人健康恢复后，一天下午，贵老师过来对他说："为了不老是想家，咱再比比拳术?"年轻人犹豫地看着贵老师，因为上次较量给他留下的阴影仍未完全消散。最后两人还是挑了一个较隐秘的房间，关实门窗，空手用拳脚比试。两人面对面站好，贵老师先冲上前用虎拳连续攻击，但用力不大，不至于让对方太疼痛。贵老师出的拳集中于中路，连续而快速，令对方无所适从，无法化解。稍停片刻，贵老师说："加把力，反击吧!"这回轮到对方进攻，年轻人先移步向右，继而向左，冲过来抬起老师要把他扳倒在地，显然，这是丛林打法。年轻人全身肌肉发达，显然胜过老师。他使出大象般的力气，把老师全身抬离地面。但是，这一招也有缺陷，那就是对手的双手仍能自由活动。贵老师用双手扳住年轻人的头，接着对准他的咽喉来了一拳，年轻人顿觉气塞，眼泪都要飚出来了，双手失力松开，老师身体落地，马上扶住对方坐下，年轻人过了好一会儿才缓过气来。

往后几年，直到学校搬回越南，这位年轻人有了很大进步，虽说学习成绩还不算很好，但对这样一个人来说，已经是付出了自己的最大努力，所有老师都不得不承认这一点。而这位年轻人，也有了一位让他十分仰慕的兄长——贵老师。西原人就是这样，一旦他们信了，服了，就会追随终生。

同门朋友

1946年，越南抗法战争爆发伊始，贵老师参加了保卫河内的自卫力量，之后撤离河内，被编入正规部队，成为一名卫国战士，参加了一些直接面对法国军队作战的战役。后来，贵老师被调到设在中国广西的学校工作，直到1956年回到越南，这么多年间，贵老师和济公老人都未有机会相遇。

至于济公老人，打那时起至和平重建的日子，始终生活在河内。1945年以前越南还是殖民地社会，它有着自己的社会秩序。九年抗战期间，越南处于战争环境，每方都有各自的机构管治控制的地区。这样讲，是为了让大家了解当时已经七十多岁的人所处的生活环境。能做的事已经不像以前那么多了，除了市内的营商活动，连往返河内海防之间都十分困难。到了1954年底，甘叔强一家迁往南方，济公老人也一道随迁。

回国后，贵老师从事师范工作之余，还特地腾出时间去寻找师父。1946年至1954年，师徒二人因相互分隔杳无音信。

不管怎么找，贵老师都打听不到师父的下落。直到二十世纪六十年代初，他才打听到一个曾经同师父学过武功的人。这个人在人生道路上遇到不少坎坷，刚从牢狱里被释放出来，他的名字叫T（因某种原因不便用其真实姓名），因被怀疑参加过一个反政府的秘密组织而被收监，数年后因查不到任何可供判罪的证据而被释放。

打听到这个消息后，贵老师即行安排时间寻访到T先生的家。这倒并不难找，因为T为了增加收入，正在开办一个武术班。为使一切事情都能顺其自然，同时考虑到今后同T先生的关系，贵老师不想暴露自己的过去。况且，目前尚不知道这位T先生是否有真才实学，都学会了师父教的哪些武术，为此贵老师向T提出希望能跟班学习武术。

看到室内有木人桩，老师就知道T先生学过一百零八式拳术。按规矩，贵老师要交学费，他随手拿出一张印有莲花图案的十元钱交了学费。老师说，自己从未学过武术，听说这门功夫不错，所以才找上门来，看是否可以学得会。T先生让贵老师先坐在茶桌旁观看，此时，正有两三个门生在练功，发出撞击木手的咔咔声。看了一会儿，贵老师告别离开，并表示会尽快过来学习。

第二天，贵老师再次登门，到了以后两人一块先坐着喝茶。那天没有学生来练习，又不见有人登门求学。T先生主动问："您老先生为什么不上去练一练？这门功夫挺好的。"贵老师推诿道："我怕年纪大了，学不好，身子骨也弱，碰那些木头的话手会很痛的。"T先生继续动员说道："不必用力去练，把手放进去转也行。"为了说服对方，他接着说："请先生站起来同我一道试试，您会喜欢上它的。"两人站了起来，T先生双手带着贵老师的手臂运转，贵老师双手自然顺着其手转动，两三分钟后，T先生问："您过去练过什么拳吗？感觉你的手转得挺顺的。""啊，没有。"贵老师答道，仍然表现得十分坦然。T先生带着贵老师的手运转了一阵子，突然叫道："奇怪，你从未练过竟也能顺应我的手法？"停顿一下，T先生问道："老先生的手法同我师父十分相似，您一定瞒着我什么。"此时，老师才说："你真聪明，我们到茶桌坐下来慢慢聊。"

事实上，经过几分钟交手，贵老师已明白了师父教给T先生的功法，也只有到了这个时候，老师才决定暴露自己的身份。

“在我年纪还小的时候，我就同甘叔强兄弟一道向济公师父学习武功，长大后参加了卫国军，此后一直在外地工作，现在回到河内，工作也稳定了，想要了解在我离开这段时间师父还有没有留下什么弟子。听到有人说您曾得到过师父的传授，现在还在办武术班，所以才找到了您，我们先认识认识，再就是希望有个人来交谈，就学术问题继续交换意见。当我们俩的手搭在一起时，我就知道您是怎么回事了，而您，也看出我来了。哈哈！”贵老师笑得很开心。T先生听罢，马上站起来打开柜子拿出十元钱交还贵老师，说：“我现在奉还学费。咱兄弟能相见，实在太好了！”这段通过武术相认的故事，只有他们自己知道，并没有告诉任何人。所以，后来T先生的一些学生以为，贵老师的武功，是从T先生那里学来的，但他们不明白的一点是：为什么有些见识只有贵老师有，他们从未听T先生讲过！他们的思维逻辑是，看来是T先生藏着不教给他们的缘故。这就是人世间普遍的思维方式。

听了贵老师讲述小时候同甘叔强从师学武的故事，T先生马上就明白了，因为济公师父也曾给他讲过这件事。在T先生就学于济公师父的那段时间，师父仍生活在甘家。至于T先生又为什么有机会就学于济公师父，T先生这样向贵老师解释：原来，在抗法战争期间，T先生为了生计，曾在一家大烟馆打工，而济公老人则常往这家烟馆跑，T先生是个常为老人家伺烟的人。关于老人抽大烟的事，在本书前面有一节讲到师父出差谅山进烟馆抽烟，阿强阿贵也曾随往。济公师父知道T先生生活窘迫，有很多孩子，自己又一身病痛，观其弓字眉相，也是个敦厚人家，老人便说：“我教给你一个好办法，让你能赚钱养活家人。”然后和T先生约定过来学习的时间。此时，河内的形势很复杂，而老人家已是七十多岁的人了，事情不像以前那么多，所以经常有空过来抽烟。老人过来，要有个单独的地方，一人伺烟。抽完烟会因醉烟而迷迷糊糊瘫躺在床上，神志不清，一醉就要半个小时才能醒过来，老人毕竟年纪大了，血气也不那么旺盛了。事情很清楚，老人选T先生来教武术是有其目的的，除了对生活窘迫的他表示同情，老人是个历练江湖的人，知道沾上大烟这东西，就算自己武艺再出众，抽起烟来也一定会醉烟，这个时候斗志丧失殆尽，一旦堕入迷糊状态，连个普通人都能轻而易举对你下手，更何况同他有仇的人往往都是些武艺高强的人。他教给T先生武功，就是为了防止自己醉烟迷糊时被人攻击，至少有个人帮助抵挡一阵子，等到自己清醒过来。

出于这个缘由，济公师父给T先生传授的功夫十分实用，开始时教他一百零八拳系列动作，用于博斗；继而教他学会内功，既可健身强体，又利于收服门徒；最后是运手功，使其动作更加圆润。

来龙去脉已十分清楚，两人逐渐相互了解，他们都会同样的功夫，济公老人留传下来的刚毅性格和真诚待人的处事方式成了他们联结在一起的纽带。

共同印证武术

在整个抗美战争时期，如果不了解一些曾经发生过的故事，以及当时的一些社会生活情景，人们是无法理解北越人民是怎样生活的。除了因美国两度（1964至1968年的约翰逊时期和1972至1973年的尼克松时期）用飞机进行轰炸破坏的战争期间，人们要疏散进入山区居住外，整个北方均集中力量于唯一任务，那就是动员一切人力、物力，投入到增加生产和统一祖国的斗争当中。

为了保障战时的社会治安，多人的集中活动都要受到限制，学武也不例外。除了公安、军队等执行国家安宁任务的武装组织有权组织武术培训之外，以个人名义传授武艺都要遵守非常严格的要求，并且要接受街区公安部门的严密监管。毕竟是战时的安全要求嘛，所有以武术教学为生的人都要遵照执行。

虽然如此，也有战争气氛稍为缓和的时候，就是1968至1971年和1973至1974年，这个时期疏散到外地的人大都返回原住地生活。这些时候，也正是卫生部门提倡开展气功养生锻炼的时候，以帮助解决因粮食食品等物质匮乏带来的健康问题。当时，有一位知识分子——阮克援医生通过练习气功锻炼起到了模范带头作用。有一次。阮医生以记者医生和师范工作者的身份走访贵老师，看到贵老师的锻炼方法也挺合适，随即跟着学习。后来，阮医生向卫生部门汇报工作时，提到有一种柔和、艺术的锻炼方法，与气功养生法同样很好。贵老师每次出来做示范时，也常常请T先生一道出来表演受拳的内力气功，对在场观摩的人起到很好的说服作用。

与此同时，贵老师有时还把这种传统武术介绍给河内市公安局和公安部的领导参考。贵老师说，有一次，阮克援医生通知他要举办一次表演活动，因为时任公安部长陈国环对这种运动很关心，并建议安排在公安部所在地陈平仲大街举办。那一天，阮克援医生从历史、文化、科学性等角度对这门武术进行综合分析介绍，并请贵老师和T先生进行示范表演。看到这种武术的动作过于柔和，观众们尤其是公安部门的武术专家都怀疑这种武术的效果到底行不行？这是什么武术？像舞蹈一样。

随后，阮医生邀请公安部门的同志上场验证贵老师的功夫。在同业和公安部门负责人面前，有位公安部门的武师想表现一下自己，上场后风暴般冲上前来，拳打脚踢，吼声连连，连续快速出击，每一拳脚都体现出其刚猛力气，唯独有一点，他的所有拳脚无一击中目标。贵老师巧妙移步，使对方拳脚落空，与此同时，贵老师的手时而击其下部，时而击其面，又时不时对准其咽喉，但仅仅是点到即止，并不发力。最后，贵老师交叉双手施以“龙”拳，用力一推，把对手身子推出约两米远。此时，在座的人都看得清清楚楚，演示者出手谦让，且功夫明显高于对手。

轮到T先生演示内力功。按规定，对方只许击其胸部和腹部，避免击打脖子、咽喉和下体。上场之前，T先生低声对贵老师说：“这几个人我都见过，以前我被收监时，他们打我打得可厉害了。”为了鼓舞朋友的士气，贵老师说：“你不必担心，有部长在场，还有这位大知识分子阮克援先生。你我都是受邀前来表演的客人。但切记，尽快结束。”受到鼓励的T先生更有信心，轻声答道：“我懂了。”

T先生站在舞台上，另一位武师上场，他身材魁梧，肌腱突起，浑身是劲，看样子可以一口吞下T先生。T先生稍往下扎好马步，运足内气，对方向前对着T先生的胸部猛击一拳，T先生站着纹丝不动，神色依旧，接着又是更猛的一拳，仍不见T先生后退半步，此时全场都屏住了呼吸。看到T先生竟能当面承受如此猛烈的拳击，武师突然改变拳路，对着T先生的左肋猛击一记摆拳，这是很危险的动作，因为左肋正好是心脏和胃的交汇处，如用力猛击，可置对手于死地。只见T先生只是稍为侧身晃了一下，出拳者脸色突然发青，收拳望着T先生，微笑退场。

又有一位武师登场，要试一试T先生的内功到底有多深厚，刚发力击了一拳，这位仁兄即收手不再打了，点点头表示钦佩并退场。贵老师起身走上舞台，对着大家说："通过这次的内功稍作演示，大家都可以对这种内功作出初步的评估了，象T先生这样一位身体如此单薄，打小时起就体弱多病，又长期生活在贫困之中的人，由于专心练功，且依照正确的方法去练，仍然可以达到这样的水平。"在众人热烈掌声和钦佩眼神的目送下，贵老师和T先生走向贵宾席的座位。

回到家后两人坐在一起，贵老师笑着说："你这次演示很到位。我观察到第一个人最后使出摆拳时，你稍侧身，这样，打来的拳头之力全聚于小姆指，所以他疼得脸色都青了。第二个上来的稍嫩一点，你稍一下扎，对方的手就疼了。"说罢，两人开怀大笑，以亲切的眼神看着对方。

1968年，两兄弟拿出充裕的时间，在木人桩前砌磋一百零八系统的拳路，这也是T先生向济公师父学习时间最长的功夫，他的动作准确到位。贵老师则对T先生讲述向济公师父学过的以及同甘叔强一道练过的各路拳术。对于内受力，贵老师劝T先生不要经常用，因为会影响今后的健康。对于贵老师对兄弟的坦诚和直率，T先生一直心怀感激。

拳上拳

1975年，越南实现了统一，教育部门开始提出要制定一个符合南北两地发展新阶段的体育改革方案。

贵老师是体质和美学研究小组成员，该组负责制定普通教育方面的训练方案。

在体质教育方面，除了常见的体育项目，如单杠、双杠、高低杠、跑步、跳高、跳远等等之外，贵老师还提出了要研究、收集和总结传统的锻炼方式，要从“体质”和“精神”两方面对学生——社会的未来进行教育，这是对祖国、对民族认真和负责任的态度。

有一次，为了召开一次涵盖不同地区武师的会议，组委会推荐了全国各地有名气且有见识的人选，向他们发出了邀请函，函中写明会议的目的和需要做好的准备。会议共三天时间，以便大家有充分时间来演示武功和交流意见。

这是一次以武术研究为主题的会议，需要推选一位有威望的武师担任会议顾问，以便对各种看法和观点做出归纳和总结。真正的武术应该是清晰明了的真才实学，不能有含糊不清或虚假伪造的东西。因此，这个顾问必须具备渊博的知识、丰富的阅历和一定的年纪，这样才能得到代表们的尊重。

经过谨慎筛选，贵老师找到了得老先生，他是一位在武术界十分有名的老武师，年已七十多岁。老人家在自己的私人住处接待了这位教育部门的干部。在二楼的一间小房子里，得老听完客人的来意，直率地说：“我不想再谈论武术的事了，这一生恩怨情仇实在太多，现在只希望能过个平静的日子。”真是一个率真的老人，贵老师心想。他耐心地讲述本次会议的目的：是为祖国未来培养人材而进行教育改革，以弘扬尚武精神，并非鼓励学生学会武功后打架斗殴，扰乱社会秩序。

听罢，老人答应出来当顾问。老人突然问道：“那么，你会武术吗？”“我不会武术，我只是一个国家公务人员。”贵老师含糊答道。老人不再问话，起身送客人下楼，行至楼梯一半时，老人突然转身给跟在后面的贵老师上下来了两拳，贵老师两手交叉把来拳挡在一边。老人笑着说：“还说不会武术。好！咱们上楼再聊聊！”老人聪明得很，尽管贵老师刻意隐瞒，但老人还是觉察到他身上有些与众不同的东西。

“你的师父是谁？”得老亲切地问。“小时候，我曾短期就学于济公师父。”贵老师答道。得老接着说：“在中年时，也就是我还风华正茂的时候，听说济公师父武术高强，曾去找过他，但当时感觉他十分迟钝，看不出是个练武之人，所以，我不太相信。”贵老师不便在背后议论自己的师父，只微笑不作声。“这样吧，如果不相识就算了，既然咱们今天认识了，又坐在一起，不交交手就不算有交情，我们还要在一起工作一些日子，还是要做到彼此相互了解，你看好不好？”得老说道。听到老前辈这样说，贵老师也十分佩服得老的直率和真诚，“好吧，您老允许的话，晚辈愿陪几招。”

房子不大，只有四张席子拼起来的大小。两人把椅子挪近桌边，腾出宽一点的地方来。得老随即出手，他的动作自尊而且适度，这是阅历丰富的高龄人的拳艺，再说了，这次交手的目的，也就是相互了解和认识而已。贵老师顺着对方的拳路接招，把距离贴近，得老的手移到哪，贵老师就跟到哪；得老身子飞转到哪，贵老师也绕到哪；得老的脚步挪到哪，贵老师也跟到哪。就这样，两人静静地过招，精神上高度集中，出拳方不忘防守，接拳方也在找准对方的疏漏伺机反击。

得老开始变换节奏，上下翻滚，力度更强，拨开对手以拉开距离，同时扎马绊脚，贵老师仍轻松接招，洒脱自如，前后上下都防守严密。至此得老停下，说："好了，够了，明白了，济公老人果然了得！"并说自己年轻时浅薄，不谙世故。"你的手法简直是'附着鬼了！'"得老夸道。

会议召开那天，武师们从各地汇集，邀请名单上的人约有八成到会，未能到会的，或是因路途遥远，或是因年事已高行动不便。武师们为会议带来了十分活跃和开放的气氛。会议开始后，先是组委会代表发言，接着贵老师向大家介绍被聘为本次会议武术顾问的得老。三天的会议分成两部分：先用两天半时间让各门派武师表演本门派的武术精华，然后用半天时间作总结和提建议。

各门派武师上场演示，有日本的柔道、空手道；朝鲜的跆拳道；中国武术就多了，有南北少林拳、猴拳、八卦拳、太极拳、螳螂拳；越南拳则有平定、婆店、婆茶、黄江、李拳等等。每个门派都演示了本派最精彩、最独到的拳艺，每种武术都得到与会人员的赞赏和鼓励。

今天，恐怕已很难再见到越南刚刚统一时各武术门派之间的那种共同分享，同欢乐，不论高低，充满尚武精神的那种场景了。这次大会好比是一座共同体大厦的屋顶，大家在下面共同生活，尽心尽力地工作。两天半的时间过得很快，除了各个门派的演示，也有人带来一些奇特的“术”，比如自称为西藏“活佛术”之类的东西。但是得老处理得明明白白：要分清楚什么是术，鬼术还是真术。会议期间充满了欢声笑语。

贵老师和T先生也出场演示了自己门派的武术，大家看后都说这是“舞中武”。

得老就像是一部活字典。他对于各个门派的武术，从其武术原则到其历史人物都了如指掌。有些武师演示过后，得老还能补充他所掌握的招式。他的学识涵盖了两千多类武术，每种武术他都能熟练地进行表演。所有与会代表都对这位顾问在指导会议期间表现出的准确、忠诚、真实、直率表示钦佩。得老说：“我们要体现出对祖国负责任的态度。”

轮到得老作总结，他说：“这几天，我们所有人，都对各地的武师表现出充满热情和负责任的态度，好的、美的，我们都看到了，并给予了充分的肯定。对于我个人来说，作为一个一生为武术而活且博得盛名的人，直到今天，我必须承认我是个幸运者，因为到了晚年我才知道居然还有一种无进、无马，出手如绒似绵的武术，这是一门‘拳上拳’！各位痴迷武术的有心人，应该花点时间去了解它，增加我们的见识。我深信，这样的要求是不会被拒绝的。”说罢，得老以敬重的眼光投向贵老师和T先生。

会议开得很成功，只可惜这次会议上提出的各种意见建议都被人们遗忘了。如果这些教育改革的宝贵意见得到接受并加以运用，那么越南学生乃至越南人的教育培训和成就，恐怕会有更大的收获吧？

这次大会以后，T先生身患重病，行动不便，长期卧床生活。闻讯，贵老师立即前去看望。

T先生躺在床上，请贵老师坐得靠近一点，方便握紧朋友的手。两人在不同的环境里生活，在不同阶段中成长，以不同的地位进入社会，进入武术界的方式也各不相同。两人以前不曾相识，由于拥有共同的老师而认识了对方。他们相互切磋，重温学过的武艺，并加以印证，同时共同向世人展示了这门武术的高超绝技。武术理论是抽象的，双手的演绎却很具体。此时此刻，兄弟俩的手紧握在一起，为了即将到来的永别，这就是人生。

T先生说："我已经很虚弱，现在更懂得你讲过的话，每想起经常被人打（指运内气接受打击）的事都感到后怕。只想请你帮个忙，我已经教了孩子自己学过的部分武术，希望您帮忙教他我不太懂的五形拳。"望着T先生的双眼，贵老师完全明白了这几句简单的话背后的心意。"这有什么呀？你叫孩子今天就过来，我马上教他。"贵老师说。

大约过了一个星期，贵老师再次登门看望T先生，并把孩子叫过来说："你父亲让我教你学五形拳，现在你来打一打给你父亲看看，让他提提意见，也好告诉他我已经完全按他的委托去做了。"孩子应了声"好的"，随即舞动拳脚演示自己学到的新动作。

T先生躺在床上观看，眼睛注视着孩子的每一个动作，尽管由于刚刚学习，孩子的动作还不够熟练，但时间会弥补这些不足。

孩子停下来后，T先生用深邃的眼光望着远处，而后简单说了一句："谢谢您已经教给孩子。"不久，T先生离开人世，贵老师告别了这位在学术上同自己一道走了相当长一段路的兄弟。

世间各色武术人生

贵老师的特点是为人谨慎，不爱在人前谈论武术，也不在武术界广交朋友。他身上最大的特点是拥有师范工作者的思维和气质，所以，不管他是仍在工作，还是已经退休，最关心的都是培养人的工作——培养年轻一代人，培养有才华的人，做有益于世人的事。他从不说“要教给学生高强的武艺”这类的话。下面提到的人物，都是武术圈子里的人。

莫尼多玄

有位叫玄的先生，不管他后来从事什么工作，人们都管他叫“莫尼多（教练员）玄”。这个外号源自战争期间他在法国人统治下的河内担任的职务。玄先生体质强壮，经常运动，到了晚年，全身肌肉依然十分发达，后来又学会武术，也练过内功，还懂得瑜伽，见识甚广，成了武术界的一名老师。

能同武术界人士交往是件开心的事，因为这一层，玄先生常来拜访贵老师。听说，他还担任过武术联合会主席之类的职务，至于是河内的主席还是全越南的主席就不清楚了，只知道他到了贵老师在生祠街（今阮劝街）的住家时，人们经常听到他纵论南北各个武术门派。我见到他的时候是1980年，那时他已六十多岁，还听他常讲到内功，以及外拳的承受力之类的事。他说有一回到南方，见到有人表演肛门吸水和让人击打胸、腹部，观众都十分佩服。这些表演都是有偿的，轻则送钱送物，厚则招待宴请。这类的武师，也不过是游戏人生而已。

一次，他到了贵老师家，正好我也在，听贵老师讲贴近术。玄先生问："这位小兄弟，你学武术多久了，懂得武术中的奥妙吗？"我心想，这人也真有意思，竟在老师面前问他的学生武术"奥妙"之事，谁敢说都已经懂得？"我刚刚学习，熟练还做不到，谈何懂得奥妙。"我脱口答道，态度谦和。贵老师看着玄先生说："这是陈子平将军的小儿子，虎将生虎子啊！"顺着老师的话，我挑逗玄先生："听说先生的承受力极强，能不能让后生也见识见识？"不等玄先生答话，贵老师立即把话岔开："算了，以后再说。"玄先生离开以后，贵老师才说："你正在学发力，发出去的力还不会控制，他老了，万一发出去的力透外入内，危险得很，谁来负这个责任？"说完大笑。贵老师正在教我学发力这一招，之所以阻止我的行动，是不想发生不良后果。

可是，我的朋友进龙比我有缘分。过后不久，他有机会在贵老师家里见到莫尼多玄，当时玄先生正在谈论南拳北腿，并拍着胸口自夸内受力如何如何强。贵老师说："这位兄弟也懂得发力，你要不要试试？看他的力强到什么程度？"玄先生马上站起来，正值夏天，他脱下上衣，露出一个运动员肌腱突显的健壮身躯，深吸口气，憋住，扎好马步做好准备受拳的架势。我的朋友也很坦然，走进拳击距离，说了声："我打了！"然后用手对了对丹田，他打的是阴拳，只短促直击一拳，力量放出。莫尼多玄"哦"地一声，因内气受迫，跌倒在地。稍停片刻，他站了起来，喊道："这一位真的厉害，阿鸾！买鸡回来拜贵师傅。"说罢立即从钱包里掏出钱来叫鸾姐去买鸡回来请客。后来，进龙向我讲起这个故事，我笑道：“阿龙，你比我强。”

不管怎么说，玄先生仍然是贵老师的好朋友，他可以通过贵老师了解到全国各地的武术情况，尤其是在河内这个曾经充满伤心和故事的地方。

恒先生

我没有见过恒先生，只听贵老师讲，他是在中国生活的，是位中国武师。有一次他被派到越南参加一个武术训练班，工作之余，他常走访河内的一些武术界人士，既可广交朋友，也可以了解河内的武术运动开展情况，还可以同大家切磋武艺。无论哪一门学术，都会有海量的知识嘛！

通过他人介绍，恒先生找到生祠街拜访贵老师。两人坐在一张摆在房间中央的大方桌上喝茶，恒先生问贵老师练的是什么功，贵老师说：“没怎么练，用得着的时候随意顺着打就是，不拘什么形式。”

正坐着说话，有人敲门，然后径自推门走了进来，这位男士叫P·D·B（恕我用首字母称其名），奇怪的是，这位先生是认识贵老师的，进门后却不进屋，看了一眼转身掩上门又走了。贵老师告诉恒先生，“这位先生学过多种武术，也曾向我的朋友T先生学过武术。我明白了，他来找我，因为见到你在，所以没进来。”恒先生笑道：“之前他来找我学，我教过他几招，还送他几句诗，不过，像他这样的学法，一辈子也学不完。”两人心照不宣地笑了。

恒先生是专业武师，教的是童子功，见识甚广。说了一会儿话，他想要同贵老师过一下招。两人站起来，就在里外间门口连接的地方，空间不大。恒先生说：“请允许我随意打。”恒先生出拳十分标准，动作干脆利索，神态从容。贵老师平静地接拳，用些小招数，按要诀贴近钳制对方，“来一贴，去一跟”。突然，恒先生交手发力，把贵老师的双手推向一边，另一只手出拳打击贵老师肋部。贵老师摆脱对方的手，守住肋部。恒先生来拳被弹出，顺手一拳击向对方下焦。恒先生也十分厉害，虽有一只手被对方用小招化解，另一只手仍能向下使出长拳截住对方击向腹部的拳。贵老师马上回手出短拳击其胸，进马保持贴靠，迫近后推恒先生，直到其撞上门板才停下，但左手仍贴着恒先生的胸脯。

回到茶桌前，恒先生说：“您的出招实难预测，变化小，发力却极重，谢谢您，今天让我见识了小肘也有招。”

苏如魁教授

大校苏如魁教授是军医学院的劳动生理系主任，他的学习基础扎实，拥有许多关于锻炼战士体质的研究成果。他来见贵老师时，还是一个越苏合作的宇航员培训小组的成员，是负责用传统锻炼方式培训宇航员的主任，至于培训效果如何，还要用科学方法去验证。

贵老师十分支持这件事，原因有二，其一，他随时都乐意为军队出力，他认为武术也要为建国和卫国服务。其二，这也是主要的因素，他想通过科学的方法，来印证济公老人传授的武术中的灵敏、集中、舒展等各种要素，如果科学界承认其战斗性和科学价值，并肯定其在精神与体质锻炼方面的优越性，就能找到现代社会培养越南人的正确道路。

我们一帮正跟贵老师学习拳术的兄弟被指定参加这个研究项目，我有幸从头至尾参加了。越南医学科学院和另一个研究机构通过体能测试仪器跟踪测试，获取各种数据，还有从事其他几种运动的同伴与我们一道参与了这个项目测试，以取得更多数据进行客观的比较。数据显示，经常锻炼的人比不常锻炼的人心率更稳定，特别是经过四十五分钟运动以后，能量指数和各项生理指数虽下降，但心率依然良好，同对照组的数据完全相反，这一点证明，精神舒缓的武术锻炼是一把很好的“钥匙”，比起其他传统武术和运动方式，能更好地维持心律和其他生理指数的稳定。

按照苏如魁教授的训练方法，经过两年的研究，这一试验项目获得了很好的评价，贵老师和我们都因通过科学方式得出的结果，使自己进一步认识所学的武术而高兴，从此以后，苏如魁先生成了贵老师十分尊敬的亲密朋友。

吴士贵老师练习武术（一）

吴士贵老师练习武术（二）

吴士贵老师练习武术（三）

天积老医生

在贵老师的家族中，几乎每一代都有人行医。旧时，人们常把儒和医作为一个词来讲，凡有人中榜的家族，都有从医的人。贵老师常同我讲起小时候见到济公老人施行医术的故事，这引起了我的兴趣。贵老师向我传授知识时，常提到血一气，精一神等养生之道，这些有关医学和健康的概念，引领着我去开辟新的征途。贵老师常对我说："你是个好学的人。"

后来贵老师患下肢动脉曲张，要动手术治疗，这促使我对东方医学更加关心，因为我看到许多医生给贵老师开过不少药方，都没有治疗效果，这毫无道理，又不是什么疑难杂症，药品既然被制造出来，却治不好病，只能说明我们所掌握的医学知识还未到家。

缘分这个东西，在人生的道路上是无法预设的。二十世纪九十年代初，我遇到了一位老师——天积老医生。当时，我夫人正患恶性结肠癌，在医院久治不愈，人瘦得只剩下皮包骨。"有病求四方"，我夫人辗转找到天积老人求医。奇妙得很，接受治疗以后夫人的病情一天天好转。

后来头一次见到我的时候，天积老人告诉我，我夫人说："你的先生有问题。"这里说的"问题"是指人的身体上有"异常"。这个故事很有趣，讲起来也颇费口舌。但正是他所说的这个"问题”，让天积老人劝我学医，还说会直接教我。我当时有职务在身，还算有点“级别”，好歹是一个外贸公司的对外科副科长嘛。其实，天积老人当时的级别也不低，他当时担任越南中央东方医学会的会长。

答应了就要学，学了就得腾出时间来，做到有始有终。这既是责任心的体现，也是我的学习态度。可是，一个新的“大问题”又出现了。原先，我每周要到贵老师家里两三次，既是学习，也是同老师进行交流和看望，学医之后只能每周去一次了。我夫人从辈份上讲是贵老师家族中的弟妹辈，所以每次来看望贵老师，我夫人常开玩笑地问：“老哥，我男人近来怎么样？”夫人知道老师历来器重自己的丈夫，唯独这回听到老师一句模棱两可的回答：“他现在只顾学医了，哪里还顾得上自己的老师。”

糟糕，老师的态度说明我在学医期间又做了什么“不妥”之事了，我知道，虽然老师很重视医学，重视健康，也曾多次同我讲过医、武之间的关系，那么，这一回老师为什么又有点不那么高兴呢？不用多想，我就找到了答案——老师不希望我们因太痴迷于学习新的东西而减少留给老师的时间，学到新的、好的知识也应该同老师分享才是，应像过去一直坚持风雨无阻看望老师，不应“喜新厌旧”。找到原因后我马上改正，于是不久后就看到老师因我在医学上的进步而高兴起来。

贵老师要我请天积老人方便的时候来家坐坐。这里要说明一点，自从我跟贵老师学习后，他很少同外界来往，除了同族的亲戚，很少见到其他朋友到老师家里走访，包括以前的同事也很少来，所以，他主动请一位老良医到家里来，实属一件不寻常的事。看来老师是想当面见识一下这位天积老人到底是个怎样的人，能让自己的得意门生如此赞不绝口地经常提及。

两人的第一次见面显得十分轻松愉快，没有多少客套话，也没有谨慎的试探。我的两位师父，就像是早就相识的朋友，而我则成了连接两座大山的桥梁。天积老人给贵老师把过脉后，鸾姐把开出来的药方念给我记录，两位长辈则坐着“论道”。我提醒贵老师：“积伯对老师家以前的养子荣哥也很熟悉。”贵老师听罢惊叫：“啊！是吗?”听到这个突如其来的消息，贵老师满面阳光，特别是当他听到荣哥的名字时，少年时的记忆和情感涌上心头。虽说荣哥是家里的养子，但他是长兄，最疼爱贵老师这个弟弟。贵老师少年时好动、调皮，只有这个哥哥庇护他，因而得了个“敢把天拉下来”的“美名”，每当他感到烦恼或委屈的时候，也只有这位荣哥同自己分担。

“您老认识他呀？他是华人，我父母收养他，供他读书，人长得帅气，也很聪明，同我最要好，分别以来一直没有音讯，您老知道他现在在哪里吗？同他有联系吗?”贵老师连珠炮式地发问，就像生怕一个刚被唤醒的记忆又会被卷走。

天积老人答道：“是的，这位兄弟很帅气，高挑个子，皮肤白皙，衣着总是整整齐齐，他曾在我老家梅所生活，同一位做接生的女人一起过日子。我在舒皮有一间药铺，他经常过来玩，同我聊天，每次时间都很长，有时候一坐就是半天，看着我题的《中华堂》那块匾，还对我说：‘你是这个世界的骄傲。’他的中文不错，字也写得漂亮，1945年8月之前，他突然离开，走之前还来见我，说回来后会继续同我联系。”

“那后来他又怎么样了?”贵老师又问道。

天积老人说：“我再也没见到过他，好像是被处置了，至于是哪一方干的我也不清楚。”

那次之后我来看望贵老师时，老师对我说：“天积老人是个江湖老手，你要好好向他学习知识和宝贵经验，这种人在世上已经不多了。”是的，我一定会好好学习，因为武与医有许多原理与方法有共通之处。与此同时，我也为我的两位师父相互亲近，成为好朋友而感到高兴。

打那时起，我偶尔也开车载天积老人到贵老师家来坐坐，谈得高兴时，天积老人劝贵老师再次“出山”：“您老人家，出来同我一道玩玩吧。我经常南来北往，到各个省走走，传统医学会有车接送。我们若能一同出去走走也快活，心情也舒畅啊！”可惜的是，天积老人的邀请一次也没有成为现实。

一天，贵老师准备了各种食材，请天积老人过来小酌。那时，虽已取消各种供应票证，但人民的生活仍然很艰苦，路上只是偶尔看到一两部摩托车行驶，出门多半还要靠自行车，要准备一桌饭菜，且是传统口味的饭菜，真还要花点时间。贵老师准备的这顿家宴有几道特色小菜，用来小酌，还有一道传统美食——汤米线。

酒过数巡之后，贵老师很开心，谈起了少年时候的生活。上了年纪的人，一旦遇到知心的朋友，都喜欢说些心里话。贵老师望着天积老人说：“我有两位亲近的学生，其中一个是阿中，正在向你学医，你肯定会把自己的学识继续传授给他，这个学生很好学。还有一个叫阿龙，住的地方离得远些，今后有机会见到您老，也希望帮忙指点指点。”盼望名师教导自己的学生，往往是师傅留给弟子的一份最美好的礼物。这时天积老人突然放低声音说：“今后，我不再为你把脉了。”“怎么了，为什么这么说？”贵老师反问。“贵老，今后阿中可以为你把脉、开方了”，天积老人话音深沉，两位老人对望，视线碰在一起。

“行吗？他刚学不久，经验还不足呀！”贵老师问道。“为医的目的是为了济世，如果连老师的病都不能治，又何谈为天下人治病？”天积老人的话沉甸甸的。贵老师和我都不出声，我很了解积老，他信任我，也想把对我的培养当做礼物送给贵老师，因为过去这一年，这个学生过来看望老师的次数少了，让贵老师常常感到苦闷，甚至对天积老人“心生嫉妒”，这也是老师对自己最亲近的学生常有的心理状态。我明白，这也是一种精神上的“占有欲”。现如今天积老人培育的这棵树苗已经长大，他该重新回到到贵老师的身边了。

我的老师们就是如此实实在在地待人处事的。

直到贵老师的晚年，我都不折不扣按照师傅的嘱咐去做。贵老师也常说：“你开的药，说有什么效果就能调理成什么效果，很快能见效，不像以前我喝过的其他药。”

有一次贵老师同我谈心，他说：“我这辈子，十分有幸有了这门学问，它帮助我领悟了许多道理。你比我幸福，既会武又会医，走到哪都能造福于人，受到人们的敬重。”

别有天地

声可传情。琴声，古人常称为“性情”之物，多少长篇乐章都是靠绝妙的手指表达“性情”。原本柔和悠扬的琴声，突然高扬，必有英雄在窃听，司马氏正在门外听着呢！孔明能以“性情”之琴声，吓退率领十四万大军兵临一座只有二千老弱残兵守御的空城的司马懿父子，琴与人竟如此相通。

那些常被人提及的奇人，不管是否还活在世上，或是已离开人世，其“性情”也往往得到不同程度的认可。“性”者，是指其本领、才华、品质，乃至其一生的沉浮胜败，还有其名誉威信、芳香余泽，以及做过的有益于世人的事情，这些都会留给后人，让人效仿、学习和继承。“情”者，是指个人的情感、内心世界、爱情友情，这些无论是对于某个人或者某个家庭而言，都是一份留给社会的财富和纪念物。一个人的才华有多大，其心灵就有多充实，这是人世间的常理。

回顾济公老人和贵老师留下的印记，可以说济公老人是个奇人，而贵老师则是个有才华的人。其“性”，在此书前面已有充分描述，而其“情”，则因存在于不同的时期，似乎已被掩没。有鉴于此，不管诸位是愿意还是不愿意，我将在此给予补充。

至于“情”，古人曰：“明君良将相逢易，才子佳人世遇难。”为了建功立业，有真才实学的将军，想要遇到一位不多得的明君已属不易，可是，与“情”相比，这还算是相对容易的，因为从古至今，历朝历代，不知多少明君因拥有良将的辅佐而流芳百世，而一位佳人要想遇到一位奇才，却是少之又少。这样说，是为了说明我们的武术奇才，在“情”的世界里漂泊有多么艰辛。

我们再回过头来看生活在十九世纪末二十世纪初的济公老人，当年他正处于青春年华，无论是体质还是武功都不错。济公老人的真实姓名叫阮济云，虽出生在一个不甚富有的家庭，但是他的父母仍留下了足够的财力让他向中国佛山地区有真材实学的师父学习武术。中国人认为：“一定要让孩子拜个能人为师。想守住祖业，孩子必须有本领，如此才能继承家业，光宗耀祖。如果只是把大把的家产留给不学无术的孩子，那就会招灾入室，这些财产迟早也会是别人的。”

中国地域广阔，社会阶层多样，但那时得到良好教育的人并不多。就这样，济公老人当年就已经算是社会上的天之骄子。

一个人的雄才，不是只有到了中年或壮年的时候才会看出来，而是在风华正茂的时候就已经闪耀着光辉，这正是学武之人与同龄人相比有着独特吸引力的地方。在社会上，青年时的济公经历了无数次的历练，例如在各式各样的集会上获得众人的见证，在那些偏僻的地方撞见弱者被坏人调戏胁迫时的见义勇为，或在比武擂台上的精彩表现等等，在各种场合，青年济公都在佛山的许多少女心中留下了少年英雄的形象。少女们对一位英雄偶像怀有纯真的情感本是常态，也是常理。这种英雄气概留给对方的那种强烈的感染力，让才子佳人们留下一首首缠绵动人的情歌。我们努力去想象当年的青年济公如何应对这些来自四面八方、接连不断的感情攻势，甚至可以想象这位年轻人是如何无力抵挡或因无法排解而屈服的。如果有幸见到济公老人，我会问他这些充满人情味和玄妙的美好记忆，而不光是去问有关武术的事。

接下来的人生道路，大概是从二十岁到五十岁的这段日子，即自1900年至1930年，阮济云正处于人生最风光的岁月。他面对过最美好的事务，也面对过最丑恶的东西，遇到过成功，也碰到过最危险的时刻，有过被人尊崇，也有过面对别人的极端仇恨的时候。生活在那个动荡的岁月，他扮演着各种各样的角色。有时是战争岁月中直面腥风血雨的战士；有时是个武将，不负当年艰辛习武练就的一身武艺，一旦成就大业必定是个盖世英雄；有时又是不惧艰险的保镖，护送数额巨大且价值连城的货物，很有可能如儿戏般丢掉性命……至于他还扮演过哪些各种各样的角色，并没有留下什么文字记载。

我们试想：三十年来，各种风浪、刀剑、子弹、陷阱不断地向一个人袭来，而这个人每次都能克敌制胜，化险为夷，屹立不倒，这只有满身英雄气概的奇才方能做到吧。

许多中华女子自古以来都有个心愿：若此生能同一位英雄并肩同行一次，足遂愿矣！但不知道有多少佳人能同这些才子遂了心愿！虽说一个英雄身上往往有着一颗真情实意的心。然而，人们知道的是，阮济云那时并没有成家，也可能是他不愿受约束和羁绊，更准确点说，处于这种今日在东、明日在西的漂泊境遇中，一个温馨的家也许并不是一个顶天立地的人想要的。

大约到了五十岁的光景，阮济云才成了家，终止了孤独、奔波的日子，享受安逸的家庭生活。这是一位好男儿大半辈子纵横于世，得其所愿的一个转折点。既然已酬报世人，也已名扬天下，现在，该考虑个人的幸福了。

再回过头来看看阮济云的婚姻，这时的他依然拥有实实在在的男儿血气，不像是个五十岁开外的人。他娶了一位比他年轻三十岁的妙龄妩媚女子，这个女子头一胎为他生了个女孩，到了后来，大概是前世的孽债未消，这位夫人又要追随丈夫漂泊到一个陌生的叫做越南的地方，又过了二十年，妻子又为阮家生下个男孩。我惊讶地回想，此时，我们的济公拳师已经七十五岁了！我还未曾见过哪一个人能拥有我们尊敬的拳师这样的精气神。

年少的时候，我常听年长的人说，“有其师，必有其徒”，但一直不甚理解其意。后来守着老师，一直不断地学习，却总感到无法赶得上老师。直到后来，我才慢慢悟到，经过长时间的相处，老师所传授的知识，以及其思维、形象、踪影乃至神态，都在慢慢浸润着弟子。回味起来，我才发现济公老人和贵师傅在“情场”上有着诸多共同之处。

法国人统治越南的八十多年间，也把法国的“文明”生活方式带到了越南，而河内正是其在越南施行保护制度的中心。当时生活在河内，且正处于“能掰断牛角”年纪的少年吴士贵很快就接受了西方文化。他出生在一个殷实的职员家庭，家里还开着一间向各地代理商供应鱼露的商铺，比起当时的许多同龄人，他有更加优越的家庭条件，可以就读于法国人开办的学校，接受系统的教育。贵老师曾同我讲过他的感情生活。当时在行纸街有位叫阿绒的姑娘，住在靠近行豆街岗楼那个地方，她家在同春市场地区经营着一家小店铺。绒姑娘一直维持带有河内特色的生活方式，她与士贵相识后，很仰慕这位新潮的年轻人，因为他不像其他河内青年那样懒散，不像那些人一样不爱读书，只知道玩耍。绒姑娘的内心情感十分隐秘，说起话来轻声细语，多听少讲，表示同意的时候，只轻声说声

“是”，听着却十分撼动人心。

士贵是个个性果敢的年轻人，自尊心很强，对自己的女朋友却十分体贴，每次往访，不是步行就是骑自行车，到了门口也不会马上就进去。绒姑娘常替母亲照看铺面，眼睛却总是望向大街，无论路上有轨电车的当当声多么响亮，都无法打断姑娘的神游状态。士贵站在对面稍远的地方望过来，有时则蹬着车子兜上几圈来延长这种愉悦感受和那颗忐忑的心。每次看到士贵过来，姑娘都有点手忙脚乱，唯有脸庞如花绽放。士贵走过来的第一句话往往是：“伯父母在家吗？阿绒。”那时候，男女青年相处都十分含蓄，男方到女方家时，等男方入座以后，女方会搬来椅子坐下，但不会靠得太近。既要让男友欢心，又要显得自己不至太放纵，让人感觉易于得手。

士贵每次到阿绒家来玩心情都十分愉悦，他喜欢带来极品鱼露送给姑娘的母亲。河内女人吃东西本来就讲究口味，好吃的饭菜，除了要有好厨艺，上乘的的配料也是关键。至于送给阿绒的礼物，士贵知道她爱吃巧克力，而巧克力当时在街上买不到，只有那些能融入法国人生活圈，同法国人有点关系的人才能弄得到。到了阿绒生日那一天，一瓶古露娜香水则是送给姑娘最好的礼物。

大概每隔一个星期或十天，士贵都请求大人允许他带阿绒出去玩。出去玩也要讲究个去处，多数时候，到了周日下午，每人买上一支冰棒，双双走到当年国家银行所在地旁边的空地上，观看法国乐队练习奏乐。乐队一般先吹奏进行曲，然后吹奏一些三四重奏的乐曲。士贵给阿绒讲解每段乐曲的含意，听到好听的地方，他会鼓掌表示赞赏。虽说只有一个听众鼓励，也常常能使乐队兴奋无比。这个时候，乐队会把乐曲吹奏得更加悠扬动听，以示对这对越南青年男女的感谢。阿绒则用仰慕的眼神望着自己的男朋友，轻声说："你真棒！"然后轻轻贴在士贵背上，只轻轻一碰又松开，这一碰，也足够让士贵暖呼呼地回味好几天。有时，士贵会买电影票请阿绒看电影。那时，河内只有四家电影院，初始，人们说是去看"闪影"，后来又称为看"照影"，现在则直称看"片子"。士贵经常光顾的三家电影院是奥林匹克（现称"红河电影院"，在行皮街）、艾登（现称"工人电影院"）和马亚斯迪（现称"八月电影院"）。那时，影院放映的只有法国摄制的黑白电影片，早期还是无声电影，直到二十世纪三十年代，才开始出现有声电影。所以当时越南在电影放映的过程中，需要有人随着剧情加以口头说明。那阵子能去看电影，算是高级文化生活了。在暗黑的电影院内，只见光束投射向银幕，一双双挨着坐的情侣，边看着荧幕上的故事，边交流缠绵的情意，胳膊挽着胳膊，十指相扣，足矣！

绒姑娘感到最开心的时候，是听心上人全神贯注地演奏小提琴，高扬的琴声恰似一阵秋风吹着一条丝巾在淡蓝的空中飞舞，又如一群兔子在青青的草原上欢快地奔跑；中音传出时，又像一位妙龄少女正漫无目的地踯躅于远处的山脚下。琴声时而深沉，时而奔放，像一场没有终结的战斗，指头轻快地在四根琴弦之间跃动，琴弓忽上忽下，时缓时急，末了，士贵把琴弓搁在一边，用手指弹拨，叮叮的琴声高高扬起，又像一块轻纱敷在阿绒圣洁的脸颊上，一缕阳光洒向两条长长的辫子。士贵微闭双目，下巴夹着左肩上的提琴，如果画面上舍去那把提琴和那根琴弓，那么，此刻的士贵，恰似枕着琴盒在酣睡，进入了甜蜜的梦乡。

绒姑娘知道士贵会武功，而士贵却没向她讲过这些事，阿绒既然问起，士贵也不得不讲真话，这才算是真情朋友。偶尔，两人相处，士贵不留神时，阿绒会偷偷一拳打过来，打着了她心花怒放，若被化解了，就会抱着手喊痛，这时，往往弄得士贵不知所措，连声道歉。

一次两人出来玩，路过行碳街斜坡时，正遇上一帮游手好闲的年轻人站在路边，他们看到有个貌美姑娘正同一个文弱书生走过来，竟放言调戏。这里靠近竹岸，很多货物从北方渡河运来，河面上排满各式竹筏和船只，是各色人物聚集的地方。士贵走近对这伙人说："对女孩子要讲礼貌！"他的脸色十分严肃。礼貌是什么？这些闲杂人可听不懂，他们只知道怎么痛快怎么说。再说了，就你一个年纪轻轻的书生，又敢对我们一帮人怎么样？"是花被人采，当女被人撩。"一人说罢，众人哈哈大笑，纷纷用藐视的眼神看着阿贵。好，这下子有理由了。士贵走上前，对着放狂言那厮的横膈膜，用右手猛击一拳，一下打中要害，这家伙痛得喊不出声，眼泪飙出，跪倒在地，接着士贵左掌横扫站在旁边的另一个家伙，正中他的咽喉，这厮双手抱颈，眼泪直冒，力气全无。事情发生得太快，两人的同伙都还没反应过来。见状，绒姑娘忙说："他们不敢还手，算了，咱们走吧！"自此，绒姑娘更加佩服士贵了。

前人常说，人生不如意之事十有八九。随着时间的推移，士贵和阿绒两个人的感情也日益浓烈。年龄在增长，美好的、情投意合的爱情，就会达到美满的结果——走向婚姻。对于一个女人，这样的结果尤为重要。是的，女人对于年龄的增长更感紧迫。但是，对吴士贵来说，仅仅双十年纪就要步入婚姻殿堂，过上安逸的小家生活吗？这个时候，正值爱国烈火燃遍全国大地，好男儿能不按照自己的心愿去做有益于社会的事吗？绒姑娘已满十九岁，来自家庭的压力越来越大。士贵心里的矛盾如乱麻缠绕一般乱成一团，他最后不得不做出决断：谈话、劝说、解释、安慰……要用尽一切办法让绒姑娘理解自己。这又谈何容易，他自己都觉得十分为难，对于一个柔弱和稚气的女子，其难处更是可想而知。每当谈到这些事，绒姑娘原本明亮的双眸都会变得泪眼愁眉，浑身颤抖，士贵只好面见绒姑娘的父母，把自己的决定告诉两位长辈。看着这位儒雅、有教养且做事周到的年轻人，两位老人心里都很明白，也很同情，最后双方达成一致意见，从此以后，两人不再相见。写到这里，我看到了贵师父和祖师爷济公老人青春年少时,在爱情这艘船上的遭遇何其相似。相信济公老人也会同意我的看法，他的学生同他一样，正在经历着情感上的困扰。

离开河内，士贵参加了抗战并过上了战士的生活。

每每聊到高兴时，我会追问贵老师："给我讲一讲二十岁到四十岁这段时间的爱情生活吧!""还谈什么情与爱，打仗就意味着生和死，早上大家还在嬉笑，下午就有可能被埋葬入土。""可是，也不是天天打仗啊!不也有休整的时候吗？在山区一带生活，那里的姑娘不也挺秀气的吗?"我常喜欢这样逗着师父。那时我已经结婚，男人在一起，尤其茶余饭后，总爱谈论一些关于感情的事情。"你这小家伙就是爱打听。但是，也要老实承认，闲下来的时候，还是挺想河内的，绒姑娘那飘逸的形象总是挥之不去，后来，我也没有遇到过比她更乖巧的女孩子……"贵老师说。

从越北战区到南宁校区，再到1957年返回河内，整整二十个年头，贵老师一直过着独身生活。一场战争接着另一场战争，法国人走了，美国人来了。对于像贵老师这样的人来说，战争不仅摧毁了人们生活中许多美好的东西，还摧折了无数爱情的幼苗。保持警觉，随时准备出发，这是战争年代人们头脑中必须牢牢记住的东西。老师说这个时期的心态是，只想怎么活着，哪顾得上考虑什么爱情。

1975年，越南统一之后，只有西南边界和北方边界发生过两场短暂的战争。一个千古法则在贵老师身上发挥作用，如同当年在济公老人身上发生的一样。终究，还是要成家，在一个温暖的屋檐下过日子。此时，贵老师已五十七岁，到了一个普通职员可以提前退休的年龄。但贵老师可不是一个简单的有着几十年工龄的普通职员，他是一个用生命为祖国的事业奋斗了一生的人。

年近退休的贵老师的屋檐下，多了一颗跳动着的心。他的终身伴侣是一位刚从高校毕业走上工作岗位的女大学生，只因有着一颗敬爱、尊重、佩服才华的心，她心甘情愿地同贵老师一道生活，尽管她比老师年轻三十五岁。

现在，我才深刻体会到，那些我们尊称为拳师前辈的人演奏的人生乐章，才明白人生由始至终的“性情”琴声，“性”声留给人世和社会，而“情”声却留给了绵长深邃与宽广的自己。

不仅于此，当“情”声弹出，我们的拳师又准备催生出一大批新生的“性”，那就是一批批正在跟随其脚步前行的学子，难道不正是这样吗？

最后的日子

那天是1997年2月4日，阴历腊月二十七，立春。当年腊月是小月，二十九日就是除夕。

寒潮袭来已有一个多星期，在春节前最后一个工作日的下午，我在离开办公室前，把文件收拾整理得整整齐齐，盘点工厂一年来的主要工作，尤其是要关心工人的劳动和生活。收拾完毕，开始准备给工人们的年货：礼物或是奖金。不管是多是少，只要是自己的劳动所得，只要能公平、周到地分配到每个人手中，工人们就高兴，就能提振他们的信心，觉得自己的劳动和付出得到了尊重。

写罢除夕晚上用的新年贺诗，我把它放在供桌上。推着经理专用的梦幻本田摩托，它上面码着即将送给那些与我朝夕相处的工人们的礼品袋，我正准备把它们送至各家各户。只要是逢年过节，我都会出现在他们的家门口。

我从仁政路出发，沿着旧乡路（这是去贵老师岳父母家的路）出廊街，直奔纸桥路，透骨寒风带着毛毛细雨，把人们同新年的距离拉得更近了，马路两旁摆满了一盆盆桃花、四季桔和各色过年用的鲜花。转入役望文化街，只两分钟就到了贵老师家。

等我把车停下，进得门来把门关上，只听贵老师开口道：“天又冷又下雨，路这么难走，还过来?”“我刚下班，处理完各种事情，住得远的工人都已收到年货，现在送点年货给老师。”我像是边摆谱边做汇报，又带点炫耀的意味说着，就像是平常在老师面前做的一样。只见老师向室内喊话：“阿鸾，赶快烤鱿鱼，拿点辣椒酱和酒来，招待阿中喝酒。”几分钟过后，一条一分为三的大鱿鱼就烤好了，被卷成圈圈放在碟上。我把鱿鱼撕碎，与老师坐下小酌。我斟满两小杯酒，明知老师喝酒不多，但酒杯还是要斟得满满的，老师喝不完，学生有缘享嘛！

酒香、酱辣加上烤鱿鱼的浓郁，隐隐烘托着师徒二人忙碌一生的氛围。谁能想到，这是师徒二人的最后一次交谈。夜风卷着雨点猛拍着窗外的玻璃。“老师，今天是立春，从节气上来讲，已步入新的一年，一年又过去了，时光过得真快呀！”我边嚼着鱿鱼丝一边说。“这几天，我觉得身子差了许多，尤其近期经历的那次心肌梗塞，我的心脏恐怕会有很大损伤。你给我把把看，这一回我能闯得过去吗？”老师用异常的眼光看着我说，这不像是以前那种有意吓唬我所说的话。老师小时候就检查出心室有毛病，透过他的眼神，我仿佛看到他生命中的能量已经接近枯竭。我静默地坐着，老师也坐着不动。我举起酒杯，力图打破这种令人窒息的气氛。几十年来，除了父母遗传的刚强气质，我还从老师的身上找到了他所建树的，也是我所依托的精神与本领。老师也是我身上各种变化的见证人，他紧盯着我迈出的每一个脚步，走过的每一段行程，看着我从一个充满求知欲的学生成长为一个稳健的人。我已成了他的知心朋友，能够分享他的思想和学术，也承担着为他打好基础的宝塔继续添砖加瓦的任务。老师是我的精神依托，今天，我也要用心回报老师。

我极力营造一个同往常一样的愉悦气氛，便跟老师说道：“人的命，过完一轮六十花甲又会重新轮转，新一轮能享受到前一轮造就的福报，老师放心好了。至于力气，请老师试着给我胸口来一拳，看我会不会被打翻在地！这就足以证明老师比一般中年人还要强！吃饭有菜，得病有药，老师您把手伸过来我把把脉，只要一剂药下去又会重新变得生猛的，我怕老师饮完药后又想要去看芭蕾了。”老师绽开了笑容：“太好了，把脉吧，马上，要不留下我一个人无人说话要干死的！”也真是，我一忙起来就少到老师这里走动，等我到了老师这把年纪也会是这样想的。把完脉，我打电话给天积老人讲述老师的脉相以及我打算开出的方子，老先生也同意早用“服脉汤”，既然同他的意见一致，我马上叫人去抓药，拿到药后马上煎给老师服下。

老师不再谈论那些陈年旧事了，转而和我谈及人生、工作、组织武术培训班和对今后生活发展的判断等等。老师一再向我强调两点：“你一定要坚持教学，培养出一批能干的、学得好的、听话的学生，这样我们的心情就快活。此外，要记住把我同你交流过的意见完整地记录下来，并综合、系统地整理出来，我怕等你我走了以后就啥都留不下了。”听了老师这些话（也是老师最后说的话），我立即把话接过来：“老师，没有死，也不会完，只有活着，只有不断向上，不断发展。”

那天晚上，处理完手头的事情，我比往常更早上床睡觉。可老是心烦意乱，辗转难眠，下午同老师相处的事总是浮现在眼前，确实有许多同以往不一样的地方，同去年春节时也不太一样。可我感觉，自己已经为老师想得很周到了，尽可能让老师放心、愉快，帮他抓药、送药等等。我有个习惯，一旦认为该做的事都做到了，安心等待好的结果就好了。之后，我慢慢入睡。

半夜，放在床头的台式电话机突然响起铃声，我睁大眼睛看了看钟，十二月二十八日凌晨3时40分。电话的另一头是师母惊慌的声音：“阿中呀！老师要出什么事了……”我定了定神，说：“我马上过来！”我立即放下听筒，冲向衣帽架，快速穿上保暖衣服，套上鞋，钻入雨衣，把摩托推出门口。预感告诉我，将有不幸的事情发生了。

我打开大门，突然有个穿雨靴、全身裹着雨衣，头上罩着及眉雨帽的男人，径直闯过来出现在我眼前。街上一片静寂，路灯闪闪、残冬的夜雨让周边的一切都得显更加昏暗，这个男人的身影活像是个从阴间到来的使者，他前言不搭后语地问：“伯伯，阴间墟那条路怎么走?”正要急着出门的我指给他说：“打这儿一直走，走到第二个三岔路口就是野象街，顺街直走，走到街尽头就是阴间墟。”只见他掉头就走，一句感谢的话也没有。我感觉到，他正撇着嘴笑我呢。这时，已是3时50分。

我打开车锁，按亮车灯，迎着透骨寒风如离弦的箭朝着目标冲向纸桥文化街，只花了十分钟我就到了目的地。我推开门直奔上楼，明知老师在房间休息，我还是大喊：“贵老师在哪?”此时，刚好是凌晨4时整。

老师在床上躺着，眼睛睁着，似乎在等待着某人的到来，也似乎预感到什么事情的发生。我匆忙上前，两手颤抖，按着老师的双手把脉，在掌脖处摸不着脉博，便移向太溪穴，仍然毫无动静，我只盼望能摸到哪怕一点点微弱的跳动，但是，生命的回答依然是静寂。我哽咽了，眼泪夺眶而出，我下意识地、毫无希望地把手移向老师的颈动脉，还是一点动静也没有。我的老师走了，大约在十分钟前，在那个男人问我路的时候走了，也是我为老师煎的只剩一碗水的汤药摆在桌上放凉待饮的时候走了。之前老师本来答应要把汤药马上喝下去，如果是这样的话，很可能因为药力，因为我的心血，以及集天积老人医学智慧的这碗汤药，能帮助老师闯过这次心肌梗塞难关。

处理丧葬的事情每家每户都一样，到处一片嘈杂、忙碌，人们进进出出，忙上忙下，总想做点什么事来尽点心意。老师的家本来就不宽敞，我选了个安静的角落静坐着。老师的家人、亲戚渐渐到齐，议论着丧葬之事如何安排，七嘴八舌，还有人大声嚷嚷，争得不可开交，这些都是为家人举办葬礼常有之事。一直吵到第二天早晨7点整，也没吵出个结果。这时，我的朋友阿龙站出来发话了：“按我的意见，就让阿中来拿主意，由他交代谁干什么就干什么，这样最好！”

大家顿时安静下来，阿龙走过来拍拍我的肩膀，既像看透我此时的心思，又像催促我站出来做好老师留下来的事情。我喝了一口水，使自己镇静下来，此时，我才发现自己手上的杯子正是老师平时喝水用的杯子。

我说：“请贤叔和家人允许，葬礼就作如下安排：阿松负责向地方政府办理有关手续，阿山负责向街道管理部门报丧和办理有关手续，之后到冯兴葬礼店租车，购置棺木和各式入殓物品，阿光负责拍照，阿蓉打理家里各项事情，贤叔向亲戚好友和原工作单位报丧，我负责选墓址……”我说起话来像是一台机器在运转，最后我说：到今天下午6时，大家集中在一起检查各项工作的进展，不足之处立即补救。贤叔负责写悼文，我以学生名义为老师致永别词。”

那天，特别寒冷。下午2时，我去接天积老师到义庄为贵老师选墓址。其实，天积老师曾经教过我选墓址的基本知识，我自己也可以做好这件事。但是，因为这是贵老师的事，我一定要请天积老师出面帮忙，我必须遵照传统的规矩去做。

看着自己的医术老师忙着为我的武术老师选墓址，我的眼泪直往外涌。每位老师都给我打开一片广阔的天地，现在，我的一位老师正拿着罗盘，上下走动，不时眯着眼睛比比瞄瞄，在临近春节那寒风透骨的日子里，为一位刚刚离世的老人寻找最理想的墓地。等到墓地选好了，我又和天积老师来到贵老师家，这回过来是为了入殓，也是为了让他们见上最后一面。一副漆成红色的木棺已经送到，架在两条矮凳子上，随葬的物品，如茶叶、草纸、垫布、老师用过的那副去掉八条（纸牌名称）的纸牌、刀子、铜钱等等，按次序先后放入棺木，可以说，陪葬的物品准备得十分充分、周到。我们把贵老师的遗体轻轻抬入棺木，上面覆盖着庙堂的黄布，天积老师点了五支香，在布上比划着，然后举起朝空中划了几划，我知道，这是佛经中的“诸”字，是为入殓专用的符。划毕，天积老师利索地把手中的香扔向天井的一角。

回到家，已是下午4时。我关上门，在桌上摆上纸和笔，准备写悼词。这个时候，我才有机会独自放声痛哭，桌上的纸像是被水浇过一样，泪迹斑斑。阿凤，我的大女儿，推门进来，双眼看着我说，我知道伯伯已经走了，可还从未看见过向来刚强，很少流露感情的父亲流泪啊！

下午6时整，我到达贵老师家，家人们把交办的事都已办得妥妥帖帖，我把写好的悼词拿出来念给大家听，让大家提修改意见。有人对个别地方提了修改意见，使文章更加通畅。阿全、阿俊、阿义、后俊和我的几位弟子，听了悼词都放声痛哭，我的好朋友阿龙则抽泣得像个孩子。

那天晚上，我坐在老师灵柩旁守灵，桌上摆着师徒俩都十分熟悉的那把茶壶和一包香烟。我整夜没有入睡，这是老师的身躯留在人间的最后一个晚上，老师穿着一身西服，打上领带，仰面躺着，双眼平和地合着。

其实，老师从来就不这样穿戴。在大寒时节，老师常穿件棉衣或呢子大衣，在热天常穿短袖上衣，白棉布裤，遇到大热的天气，老师有时还只穿一条绿色的军内裤。

老师也从没有这样躺着，他平常睡觉时，在睡着前往往把一只手放在额头上，弓起一条腿，或侧身躺着，不戴眼镜，我则坐在床尾同老师聊天。师徒有时一道出远门，两人同睡一张床，我尽量把身子往墙边靠，让出更宽的地方给老师睡，以免老师失眠。

老师也从来不会这样平静地呆着，每每我到老师家看望他，不是老师就是我，总会打破沉默，谈笑风生，每次聊天都显得那么豁达、明亮、轻松愉快！

每次都是这样漫无边际地说笑。人们常说："久不能眠方知夜长"。今夜却不同，当我望向窗口，看到天已麻麻亮，一夜过得好快啊！

开始移灵，走在大街上，左邻右舍看到那么多年轻人头戴白色、黄色、红色头巾，不知道的人还以为老师有很多亲戚和子女呢，其实这些都是贵老师各个班级的学生。

下午2时，贵老师的亲弟弟贤叔宣读悼文，之后是我宣读悼词，我机械地念着，由于过于悲痛，常常念错字。我也记不清当时的天气，只记得那天一开始挺干燥的，当读完最后一个词，突然天降大雨，只下了几分钟又停下来。在宣读悼词的同时，弟子们往墓穴抛下一块块表示敬重的小泥块。

回到家，我把家里收拾了一会儿，然后跟家人吃年夜饭。时钟敲响，新的一年开始了，第二天就是大年初一，过去我们都会在每年的大年初一早上到老师家拜年，先在门口点着一串又大又长的鞭炮，由鞭炮声代替敲门声。一批学生兴高采烈地结伴来到老师家，老师把门一推开，腾腾烟雾一涌而入，那天，我们一定会同老师吃新年的头一顿饭。而今天，却是给老师做三日祭。

为贵老师去世做头七那一天，让我最受感动。那天，在庙堂上，同庙里的主持一同坐在供坛上的还有天积老师。天积老师既是长者，又是贵老师的老友，庙主持居于正位，他知道天积老师医术高明，佛学知识渊博，所行祭礼也高深。当天积老师拖着长长的声音发声和哭泣时，我的眼睛模糊了。“人生似鸟同林宿，大限来时各自飞。”人世间，总有些伟大的人不期而遇，他们都有学生继承自己的学术，伟大的人格也无需太多语言表达，因为他们都能相互读懂彼此。我不知道还有哪位学生如我一样有幸遇到两位高师，一位先走了，留下的一位在悲痛之中，还以自己的道义和智慧，坐于高处为另一位朋友进入另一个世界超度。我想，是否天积老师在帮助我这个学生去完成对老师应尽的心意。

光阴荏苒，一晃十五个年头过去了。正所谓“活着时觉得日子很长，做头忌却来得很快!”

望着香火不熄的祭坛上的老师遗像，尽管老师已是七十岁的老人，但他的发色永远是乌黑的。看看自己的头发，因为经历了人生的许多风霜，已显出岁月留下的斑白，我们一班兄弟，最年轻的已有五十岁，年长的也已六十开外了，越往后，越能体会到老师说过的意义深刻的话：“时间是最残酷的!”

三年后，按照越南人的风俗习惯，对已远行的人，家人要为他办理移葬仪式。那天晚上，除了开棺捡骨的人，到场的人不多。一个小时过后，贵老师的遗骸已整齐码入瓷罐。哑巴俊把车灯打开，随时准备把老师的遗骨送到新的住处，他的全名叫华德俊，是我班里年纪最大的学生。每当我有事外出，常把这个学生送到贵老师家，让老师接着教他。贵老师对他有个看法："打架要如哑巴俊。"我抱着瓷罐，把老师的遗骨紧紧抱在怀里，坐上车，不忘提醒："要谨慎开车，开得慢点！""老师放心，我懂得！"阿俊轻声答。"阿俊啊！人生就是这样，今天又是我们送师祖到新的地方安家。""是的。"阿俊回答。

几年后，仁政乡的义庄又要搬迁，贵老师的嫡孙阿松又把老师的遗骨移葬到山西市的安期义庄。老师将在此永久长眠。编号为G13的那座山头，长年惠风和畅，鸟语花香，阳光明媚。

永别悼词

我不想让《永别悼词》因贵老师走入那个永恒的世界而消失，因之把它收入本书，让晚辈们也能通过想象清晰地看到贵老师的形象。

我在一生中，亲身感受到贵老师不仅是一位廉洁、守节的模范干部。他在教育事业上认真钻研，在培养学生方面尽心尽力、认真负责，在武术运动领域，他也是一位伟大、包容、富有创造力的老师。

说来也是缘分，在二十世纪三十年代晚期，贵老师凭借自己对音乐的独到见识和表演才华，得以接受一位出众的中国武术恩师阮济公的亲身传授。更难能可贵的是，与其相伴的是一位能够经常随同阮济公老师的一号学生甘叔强，两人共同接受教育，一同生活。时值青春年少，加之对武术的热情、酷爱和痴迷，固有的家族文化修养基因，自身的聪明才智，在较好的环境下接受独立、自信和高尚的意识和人格教育，贵老师以自身的敏感和善于概括的禀性，把对咏春拳的认识加以综合和提升，并创造性地赋予它越南特色。

在中国桂林学校工作期间（注：在越南抗法战争期间，中国专为越南子弟在桂林开办的学校），贵老师到中国一些大的武术中心参观学习，对于他来说，这是一个十分重要的阶段。老师从中得出了这样一个结论：二十一世纪，他所学到的武术知识在现代社会育人方面将继续获得发展。

在整个抗美战争期间，贵老师一直坚持对人进行文、体、美全面发展方面的教育研究与改革。1976年，在教育部组织的全国武术工作会议上，贵老师再次强调，他对现代体育和武术有选择地加以结合的教育主张是十分正确的。

退休以后，贵老师虽年事已高，却留下更多的精力、智慧和时间，用于培育新一代学生，参与一些科研课题的研究，帮助一些学校开展体育教学。

作为严师，他随时随地都要求自己的学生在生活、习武、处世、为人之道等各个方面都要有所进步。

作为一个真正的教育工作者，他随时随地都在把最有价值的学术思想和教育方法传授给自己的学生。

作为一个老战士，他随时随地都在把有价值的观点留给部队，正如老师常说的："武功要用于建国和卫国。"

作为一个文化工作者，他把运动塑造的美融入对生活的审美。

作为一个爱祖国、爱民族的人，他随时随地都在倾尽全力投入科学和教育事业，并践行着这样的观点："我们不仅要为今天，还要着眼于明天和未来。"

敬爱的老师，您是一位既品格高贵又朴实，既有傲骨又谦逊，既有奢望又平淡的人。

敬爱的老师，就在两天前，您曾说："我只遗憾没有精力继续做事了。"您是否知道，您已经把自己的全部精力和学识留给和传授给了我们晚辈，您的学生有不少已成为老师，甚至名师，您拥有上千个学生，不仅在家乡，还遍布法国、意大利和俄罗斯。

我们永远都会铭记老师对我们每个学生的关心和爱护！

贵老师啊！您的家人、孩子和学生都在为您洒泪，苍天知我心，雨不停地下，人心撕裂，大地严寒！

贵老师啊！您为什么不留下来，和学生们同享已取得的哪怕还不算大的成果！

祖国大地已步入春天，老师也已走向永恒世界，但愿英灵涅槃，庇佑同派门生永葆青春，光华永放！

您的弟子将向世人骄傲地宣告——我们的门派将永远生生不息！

众门生没有失去老师，老师也将永远伴随着众弟子——唯独阴阳阻隔，言语不传。

我们无限敬爱、敬重、怀念的吴士贵老师，永别了！

学生陈越中致辞

1997年2月6日（阴历丙子年腊月二十九）

于吴士贵老师棺木落穴时

第三部分

尾声

柔拳养生学派

我想用一点笔墨来记述吴士贵老师传下来的，直到今天生活中仍在运用和传播的学术观点。

早年，阿强和阿贵曾问济公师父这门武术叫什么？老人只作一泛泛的回答："是中国武术。"而中国武术有几百个门派、家派、学派。济公在越南北方生活期间，曾向一些门生传授武功，有些人后来还颇有名气，但他们也不知道这种武术究竟属于哪个门派。

直到二十世纪六十年代，一个曾师从济公老人，叫做陆远开的人，说这门武术称为咏春拳。越南南方解放后，我曾翻阅过陆远开的文字记录，也通过互联网查阅资料，我觉得这两个渠道获得的资料观点并不一致。这件事，使我狐疑自问：这种差异究竟是陆远开记录的问题还是同济公老人的传授有关？

贵老师在中国期间，曾有机会四处走动，通过交流活动，也找到了济公师父传授的这门中国武术起源的某些迹象。在中国，咏春拳派流传了下来，但还未为更多的人所认识。而贵老师当年也未有机会遇到过学咏春拳的人进行交流，以便同自己学过的功夫进行对照。有中国人介绍说：学会这门武功，人会很长寿，所以这门武术称为咏春，意思是永葆青春。也有人称这门武术为佛家武术，用来培养僧侣，使其能够降魔布道。因之，这门武术又称为佛家咏春拳。

尽管只是一个称谓，这门武术就已经有多种说法，而且还有许多细节没搞清楚。

作为一个教育工作者，贵老师主张找到一种把传统与现代知识相结合的方法来教育学生。确定目标后，贵老师把自己所学总结上升为超越某个武术门派的知识，并把它作为培养现代年轻人的人格与本领的教育方法。

从1982年至1987年，除了直接授课的时间外，贵老师留出了许多时间同我分享和探讨在越南进入新时期后如何建立一个新的学派的思想和意图。

在这期间，贵老师有两位精神和学术层面的好朋友，彼此在学术上有着直接的联系，他们就是院士阮克援教授和苏如奎大校。

阮克援是个大知识分子，在胡志明主席的感召下，从法国回到越南，他既是医生，也是媒体人和教育家，所以我觉得把他称为大知识分子更合适。1939年他的胃部做过四分之三的切除手术，当时，法国医生说阮先生最多只能活三年，显然，他的生命已被判了绝望的死刑。阮先生回国后，运用了东方人的锻炼方法，后来不只活了三年，而是活了六十年。一个人只因用了传统的锻炼方法，就奇迹般地活了那么多年。阮先生早期曾到T先生（贵老师的同门兄弟）那里学武术，但他不能如常人般练习各种招式，因为他的身体状况比较特殊，后来，他转向贵老师学武，两人很快成了知识、思想、观点和学术应用等各个方面情投意合的好朋友。阮先生把贵老师的练习动作进行简化，编成《养生武术》《养生气功》等书，使学习的人更易于掌握，更易于模仿。他还有很多时间到各省去推广这套身心合一的锻炼方法，因他本人就是活样板，所以更具说服力。这样，从社会层面来说，当人们通过自身的练习而受益时，这种养生方法就会为人们所接受。

阮先生的家在河内的阮制义街，许多时候，只要我闲暇在家，他就会蹬上自行车，走不远的路来到我在陈兴道街的家。之前贵老师向他介绍过我和我们的家，希望他能为培养年轻一代出点力。我能够感受到这位大人物的亲切和真诚。我清楚地记得有一次我们坐在一起交心时他说过的一句话："我们古代有着许多宝贵的东西，如果不懂得去保存和发展，再过二三十年，被西方人学到了，又会回来教给我们的子孙后代。"这就是对那些有志之士的警示语，要他们负起责任，要懂得自重。阮先生知道我爱好古文化，便送了一部《易经》给我，还不忘提醒："要努力做个学识渊博的人，这样才不易被人迷惑。"这就说明，阮先生十分了解易经的作用和人世间的想法。

还有苏如奎先生，对于他，本书前面已做过介绍。苏先生结合现代医学理论，对各种传统锻炼方法进行研究和比较，再从科学的、客观的理论与实际操作等各个层面加以综合评估，使人们看到气功、运动的耐力，以及格斗中的机警性等。这一系列的研究，得出了十分重要的结论，这对贵老师和我们也意义重大。它使我更清楚地认识到，我们所掌握的这门学术获得了科学阳光的照耀。苏先生还根据不同对象的情况编制不同的锻炼方法，他编写了一份"医武养生"的资料，这份教材在一些部队和军官俱乐部推广，取得了很好的效果。

苏如奎和阮克援在气功养生方面的研究配合十分密切，虽说他们的研究领域有所不同，但有一点相同的地方，那就是要经过实践去检验。他们经过研究得出结论，还将研究结论以及推广的方法，都拿来同贵老师探讨，统一认识。

直到1987年，在研究中接触到各种各样的问题时，我都会拿出来同贵老师进行全面的探讨，以建立一套越南人自己的武术系统，为越南人所用。

济公老人留下的知识十分宝贵，但他从未提及这门武术的名称，这一点，可能因他所处的环境使然，不过，这样做可以保持其独特性，即不附属于中国武术的哪一个门派，这正是一位高人的独到之处。

咏春拳是主要流传于中国广东地区的一个武术门派，从佛山、广州、香港等地获得的信息来看，这门武术同济公老人的见解有许多相同之处，但在运用方法上却有所区别。咏春拳中有些最忌讳、且不能采用的东西，济公老人却运用自如，而他在越南传授的许多东西，在中国却从不被提及。这一点让人们看到，济公老人在越南传授的武术，同在中国还在流传的其他武术有着不同之处。

在中国，咏春拳这门武术有其优越的战斗性，练得好的人，会有很强的本领，且大多长寿。到了贵老师这一代，其对所学武术有了新的定义，即把它视为一种教育培养人的方法，并把养生摆在了头等位置，其战斗性则留给专业的人去研究。通过阮克援先生的推广，“养生武术”已获得社会的广泛认可，苏如奎先生通过自己的研究，更肯定了医武养生的科学价值。

为了贯彻正确的主导思想，继承和发扬前人的学识，抓住其核心内容进行推广，我向贵老师提议，应建立“柔拳养生学派”，以科学合理的方法把这门运动的理论知识系统地传授给每个练功的人。“养生”是把生活中的各种基本要素，包括思想、品质、人格、本领等，对个人和各个年龄段的人群进行教育、培养和塑造，“柔拳”则是一种运动方式，是通过身体锻炼，培养现代社会意识、坚强的本领和战斗意识的路径。

我提出，要继承济公老人对这门武术以“蛇形”和“鹤形”为主的观点，以实现我们所要得到的“道”。

贵老师对柔拳养生学派逐渐在社会上得到推广感到满意。1992年，我们在河内的越苏文化宫举办了一次论坛，与会人士有河内体育局的代表，以及关心首都河内武术发展的各界人士。至于培训方面，我们采用经过贵老师审定的计划，在1987年就已经开办了第一期培训班。

贵老师说：“这个学派可以造福于人！”老师的这句话，使我想起了济公老人也曾对贵老师和甘叔强说过的话：“遇到这个就是有福气！”我想，老师教我学会这门武术，不知我算不算得上得到福了，而贵老师则准确地告诉我，可以以此造福于人。

我忽然想起了不知从什么地方听到过的一句话：涓涓细流汇成一条大江，大江又分流成许多小河，但所有的江河最终都会汇流入大海。

那边的河仍在流淌

人的一生，从生下来到离开人世，都沿着生老病死这个永恒不变的规律运转。一些杰出的人物能给人世间留下宝贵的知识，让继承者一代代往下传承，这里我想提到的是济公老人和贵老师。

我们尝试着观察济公老人与他的徒弟的一生，除了他与甘家有着长期且十分牢固的密切关系之外，我们看不到他对其他向他学武的人表露过有关自己的生活习惯或情感故事，或是充满哲理的教导。这是否因为老人年龄，以及生活环境的变化使然？或是因每个来接近他的人，只是为了学武术？恐怕今后再也不会有人去寻访老人的踪迹了。唯独贵老师，在重返河内之后就萌生了这个念头，直到后来找到自己参加抗法战争期间师父的另一个学生。如果不是师父给老师留下的人格魅力和宝贵知识，又是什么动力推动老师这样去做呢？这里复述一个细节，当老人准备远行时，曾派人给贵老师送来了一套“黑衣”，这就足以说明一切。

有一年，我们三兄弟到广州参加一个印染材料的国际会议。从二十世纪起，广州，这个中国广东省的省会，曾被称作一片自由的土地。无数的政党、帮会在这里诞生和开展活动。越南也曾有多位知名人士如阮尚贤、潘佩珠、范鸿泰等来到这片土地寻找救国救民的道路。

这次到访，最为幸运的是见到了同是越南党高级干部，同我父亲关系密切的李班伯伯的几位子女，大家还在越南的时候都已经相互熟悉，来往密切。经历了人生多重变故后，如今又在中国重逢。我请李东明——李班伯伯的嫡孙做翻译陪我到佛山。

我们经过一处名胜古迹——光孝寺。东明说，每年初春，广州都有很多人到这里拜佛求福，可灵了！寺院占地宽阔，大雄宝殿气派庄严，四处弥漫着浓郁的香味。我们绕寺观景，我微笑着问东明侄："你知道为什么这里会那么灵验吗?"不等这位年轻人回答，我就解释道："中国的六世佛祖慧能，在他继承衣钵后，同门兄弟发生内斗，他不得不急匆匆离开山门南下，这座光孝寺正是六祖慧能创建南派禅宗的地方。"东明用惊愕的目光看着我，惊异于这位刚刚来到中国的叔叔竟能向一个广州人讲解光孝寺的来历。我接着说："我刚才读了松林下刻着说明的那块石碑，就知道我们还真有点缘分呢!"

广州到佛山，路上只有四十公里，道路两旁山峦重叠，我对青翠的山川情有独钟，它能勾起我对往日的回忆。

走到佛山市周边地区，天地昏暗，似乎就要下雨了，其实不是，当时的佛山已是全中国陶瓷制品生产和出口的中心地区，粉尘飘满天空，未经抹拭的地方常常蒙上一层白色的石粉，今天的经济建设正在逐步淹没昔日平静、古老和纯朴的环境，十分可惜。

按预先约定，一到佛山我们就前往当地一家佛山精武会咏春拳馆，见到了馆长兼总教练的刘四光先生，他把我们从门口迎入室内。

各地武馆都一样，会辟出一块庄严神圣的地方，点香供奉各位先辈。我认为，这是一件极为美好的事，它教育入门弟子要时常记住和遵循前人留下的教导。我点着三支香，小心地整了整衣冠，向前把香插入香炉的正中，然后，退后双手合十于胸前，凝视挂在墙上已离世的各位武师的画像。这时，我的心想着还在中国时的济公老人，由于他到越南传授武术，才使我今天有机会来到这个地方。心里同时还想着曾经到过中国广西，却未能到佛山追寻师父赴越之前踪迹的贵老师，以及继承了济公老人武术的各位武师。在这段心灵相交的时刻，我平静地度过了三四分钟。

入坐茶室，大家相互介绍认识后，开始进入正题。我反客为主，首先扼要介绍了济公老人、贵师父以及我本人的相关情况。我现在是个经营管理者，管理着工厂生产和商品的出口业务。东明则对我介绍得更多一些，他说我的父亲是陈子平，在越南是个有威望以及颇有名气的革命家，是越南军队中为数不多的第一批授衔的将军之一，也是毛主席年代的越南驻中国大使。也许是因为东明从小就生活在中国的缘故，他十分清楚中国人很重视一个人的血缘、家庭、地位、出身。东明还透露说我也是个在家坐诊的医生，工作之余还在厂里传授中国功夫。我很幸运有李东明当翻译，他用粤语同广东人交流总比用普通话要亲近得多。

刘先生那年五十八岁，身材结实，中等个头，身高一米六八，面部丰满，一副福相，为人真诚。他是阮济云（济公在中国的名字）的第三代弟子。我则算是济公老人在越南的第二代弟子。事情越来越明白，通过与刘先生的交谈，我越来越清楚这个门派在佛山各个时期的变化情况。

终于弄清楚了，济公老人在中国还有“后裔”，这些都是贵老师和其他弟子之前未能弄明白的地方。我喝了口茶，亲切地望着刘先生，仍是一句话不说。刘先生似也觉察到我身上有某些不同之处，转过脸去问东明：“好像阿中先生想要说什么？”我知道，刘先生注意到了自己的眼神，便微微一笑，我说："先生年纪比我大，按世俗规矩，谁先见到阳光谁就是兄长，但如果按师父的弟子排辈，我又是先生的师叔，这可乱套了！我们该按世俗规矩还是按道上的规矩处理好呢?"说罢，我开心大笑。刘先生听到这样一句来自远方朋友的戏言，也放声大笑起来。"我们是同一渊源的兄弟!"我下定结论，直视着这位刘先生。"对呀，对呀!"刘先生紧握住我的手使劲地摇着。

刘先生开始叫学生放光碟让我观看，里面有刘先生同一个年轻人的示范练习。他的拳路圆润、规范、标准、风格平和、严谨，很值得尊重。过了约两分钟，刘先生看到我不住点头，微睁着眼睛，咧开口笑，他似乎又发现了什么，问道："你觉得怎么样?""很好，十分标准，但这位学生不是你教出来的!"刘先生用诧异的眼光看着我："你怎么会知道呢？这位年轻人是我弟子的学生，录制光碟前我教了他两个月。""这就对了。从'形'上讲，你的动作他跟得很好，但他的'神'仍受其师父的影响，没能跟上你的'神'。我也是济公老人的弟子，我的眼力还可以吧?"说完我们望着对方都笑了，表示相互理解。

关掉视频之后我们再度交谈。那一天，刘先生带了四位弟子一同待客。刘先生把他们叫过来一一介绍给客人，看到他们，我感到十分亲切，这是看到了同门兄弟的门生时的真情流露。我对这些壮汉说："你们要努力学习，能得到师父传授本身就是件好事，刘先生是个厚福之人，将来会带出很多很强的弟子。"我留给刘先生的故事还很多，都是些心灵相通的故事。可能因为是第一次见面，刘先生十分注意听我讲的每一句话，或表示赞同，或沉思。

日头西斜，到了分别的时候了。虽说此次相见的时间只有两三个小时，但惜别之情满满。我说：“今天，是我头一次来到此地，本只想了解济公老人在这里曾经留下什么东西，不过，这次相见，收获远远超出了我的期望，十分宝贵。我会再回到这里看望你和济公传人的诸位弟兄。通过今天所交谈的事，我懂得，我还有许多要向诸位学习的地方，以使济公老人在越南传授的知识发扬光大。另一方面，他老人家在越南传授的知识中，如果有一些你们认为有需要,或是你们觉得可做些补充的，我也会随时移交给你们。这是我们后人的责任，也是道义所在！”我转向刘先生的其中一位学生，对刘先生说：“我很喜欢这位兄弟，你可以用心传授和纠正，他不会辜负你的期望，必要时，我亦可帮你搭把手！”

刘先生望着我，从开始见面到即将分别，这位远方朋友从各个方面流露出来的信息促使他思考。至于我本人，我只是在传达一种真诚、求是、公道的态度。

这样一来，我回到了济公老人的出生地——佛山，联结上了“寻找师父踪迹”的那条道路。与此同时，我也替自己的学生欠下了一笔“债”，那就是承诺要带一些越南学生到佛山同刘四光先生及济公同系传人进行交流，不知他们是否还记得我曾许下的这个诺言？

从动笔之日起，用了三个多月的时间，本书的初稿总算写完了。

当看到自己已经在某种程度上刻画了济公老人一生走过的路，记叙他的生活，他的待人处事，以及如何教导学生的故事，我觉得自己轻松了许多，心情也愉悦了些许。当你读完这本书，我们的许多同学、门生很可能对济公老人有着同样的看法。通过济公老人浮沉的一生，可以看出他是一个全面的、有才华的大人物，在他身上，我们看到除了武术之外，他在其他方面深厚的文化修养。

我也分担了吴士贵老师的责任。我与其他学生一样对老师怀有珍贵的感情。贵老师曾是一位在长期酷烈的战争中出生入死的战士，是越南统一后新的教育体系中的首批教育工作者，他是一位忠诚直率的公务人员，他坚守自己刚入世时选择的理想信念，更有代表性的是，他在教育界保持独立思考，在教育生涯中，无论是对待自己的学生还是对待人生，都充满热情。

我感悟到了济公老人和他的学生吴士贵老师在人格、品质、才华方面的共同点，这对习武者来说，无论在武术上还是生活上，都是一面光辉的榜样。

学术，这里具体指的是武术，它犹如人生，时浮时沉，有时充满光辉，有时隐蔽于平静，但，它毕竟是人类宝贵的财富，永不消失，它将一代代传承下去，得以永远保存。

作者陈越中与刘四光（右一）及其弟子（左一）

在佛山精武会咏春拳馆内

作者陈越中（左二）与李东明（右一）、刘四光（右二）

及其弟子（左一）在佛山精武会咏春拳馆门前

吴士贵学术思想总结

吴士贵严谨的行事风格，可能形成于他当教师的年月。身为人师，对自己走过的路，要经常回过头来进行小结和总结，看看已经做得怎么样：不够好，好，还是极好。

老师说，为了今后做得更好，要正确地评价已经做过的事情，从而指明今后还要做得更好的方向。

贵老师人生的多半时间处于物质匮乏、条件艰苦的供给制时期。我曾开玩笑地问过老师的退休金数额，可老师他自己也不太清楚，只是说，在工资收入范围内，有啥吃啥就是。这个时候，我已经掌握了一定的武术基础知识，老师开始要求我帮助教导新入学的学生。教别人的同时也可以巩固学过的知识，同时通过教学还可以增长见识。因此，老师也给我留下更多的时间同我进行带有总结性的交流，包括生活观、教育观，以及各种教学方法等。我也请老师允许我针对掌握的知识和武功平等地表达自己的见解，进行反问、辩论，以加深认识。这一切，都是为了肯定老师已经走过的路和正在做的事是正确的。老师常戏言道："在这个世上，要教那些想当将军、想当英雄的人，不要教那些只为学武功而学武功的人，因为后一种人只配当走卒而已！"细思之，老师所言极其深刻。

我懂得，如果光是会武功，加上胆大和会打斗，这种人只能被别人驱使，要想当将军、当英雄，还要有本领、有见识、有成大事之志，同时还要有更好的武功。

为了让更多人了解贵老师的思想、品质，尤其是对于那些想习武，却因老师已经辞世，没有机会得到他老人家耳提面授，或早年虽曾受教于老师，但后来远出在外，再少有机会同老师接触的朋友，在此，我把我向老师当面请教的学术问题中带有总结性的谈话录音加以整理，摘录于此，同大家分享。

帮助别人，会经常感到幸福

我：老师，我知道，我占用了您太多的时间，每次造访您都给我半天时间，而对于到访的其他人，您往往找理由避开去休息，我对此心知肚明。

贵老师：对于像你这样的学生，不可能不讲话，一定要讲，对你讲了有好处，所以我要讲。至于对别人，我讲它干什么，我现在的时间是用来休息的，国家已让我退休了。

我：老师讲的话，不光是对我讲的，所以，我会把老师讲的话同其他兄弟分享。那些没有条件到这里亲听老师讲话的人，我将把他们集中起来，一同学习。我既然先学了，就要这样做。做的时候，要有决心，持之以恒，我过去已做了一些工作，虽有效果，但还不够好。它给我的生活以帮助和动力，因为它证明了老师所讲的道理：当你帮助别人的时候，会经常感到幸福，看到别人的进步，自己也打心里感到满足。

贵老师：这正是我所期望的。我同你讲，就等于同许多人讲一样，好人就要表现出对别人好，我也需要留下某些对世人有所裨益的东西。幸好还有人来帮我做，我对别人从未像对你讲的那样多，你学得多，见识也广，所以对别人我不会花太多时间，讲了他也听不懂，没必要浪费时间嘛。我年事已高，正所谓离天远离地近了，活一天便做一天有益的事总比虚度光阴好。我希望通过你向别人示范，使别人获益，所以要给你多留点时间。

我：您从人生观、世界观以及如何健身练功，也就是古人说的“修身”等多个方面对我进行教育，还教我如何当个好老师。回想起来，这正是一个人走上人生道路的真谛。教学，最好的方法是帮助别人懂得自觉去做。

贵老师：自觉是不能强迫的，而是帮助别人知道何为对，何为错。就世界观而论，要让大家懂得，整个宇宙是无限广阔的，地球只是其中的一颗行星，就是说，在浩瀚的宇宙面前，人们要懂得守护，才能生存下来，不懂得守护，等于自我毁灭。就世界而言，我们生活在这个地球上，有许多东西相互作用，影响着我们的生命。就气候而言，有洪涝和干旱，这会带来歉收和饥饿，给人们带来困苦甚至死亡。在国家层面，有分裂、掠夺、战争、杀戮，大国掠夺小国，在一个国家内，不同政见者也会使用暴力，相互残杀……所以说，作为一个人，要明白，我们正生活在一个充满危险和威胁的地球上，只有明白这些道理，才能找到生存之道。

就人生观而言，如果得到正确的教育，就会有正确的认识，认识自己生活的社会、家庭乃至自身。其中对错的界限要弄清楚，不至于混淆，不被迷惑，不为伪辩所诱导。世间的谎言太多，有许多自以为正确的东西。我为什么就世界观、人生观等问题同你多交流，是因为你能听懂，愿意不断学习进步。

切记，要想当将军、当领导、当老师，首先在信念上要坚定，如果把握不住这一点，就只配当走卒、当奴隶。

健康的身体，是人人都应具备的宝贵财富，人的身上有两面：精神和物质。健康的精神存在于健康的体质当中。有好的身体是最幸福的，要教大家懂得最起码的常识，有个健康的身体至关重要，所以要从小学起，不要等到老了才学。健康的身体有多种要素，如养育、锻炼、从受教育到明事理等等，多得很。反之，如果放任自流，无人指导，他如何会懂得？所以，要不断学习，要有人教导，有人指引，这样才能醒悟。老师只给你提出要求，指出一条直路供你走到目的地，避免你走弯路。人要接受教育才能认清自身，所以要使受教育者懂得自觉，即具有一种自觉意识。教育要从小孩子教起，让他一点点增长学识，要反反复复多次教育，这样才能慢慢悟出道理。大人不要整天嫌小孩子学不好，强迫他这样或那样去做，这是不对的，要使他懂得何为对错、利害、好坏，然后他才能慢慢懂得道理。我说过，一个没受过教育的人就像是一只猴子，只会模仿别人的动作，要通过教育，让他成长为人，懂得对错，这样他才会照着正确的方向去做。

健康教育，首先要求程序和方向正确。要闭精、养气、存神、清心寡欲、守身、练形，使其身体越来越健壮，而不是越来越虚弱，越来越疲惫。

我：过去人们常讲，教是老师的事，学是学生的事。现在人们更多讲教育事业、教育方法、教育意识，但我总觉得，教育的结果往往没有达到原先设定的要求。

贵老师：要讲教育，总而言之，是要为国家在新的发展阶段培养“战略性人才”。现代人获得的教育，主要指的是智慧教育，使其能担负起创造的责任，能够发明这个、创造那个，对日益发展的生活有好处。如果只教他如何有个健壮的身躯，这种人只会饱食，只会负重。所以要记住，培养一个人，要全面培养，要继承老的，发扬新的，使其获得正确的认识，唯有如此，他才能有主见，才能去掉依赖性。过去，古人也提倡全面教育，做到修身、齐家、治国、平天下。要继承这些思想，运用于今天的新社会。可见，古人的教育也是循序渐进的，从具体到抽象，为了生存而培养人，就要做到全面。拿武术教学来说，要做到技术、力量、道德、精神、技巧全面发展。

现如今，学校教你跑步、举重、单双杠等等，学生上（文化）课时一定很疲惫，无精打采，也就是说，看不到体育课对他们有什么好处。我们国家还很贫穷、落后，要正视这些不足，所以要学习外面许多先进的东西。但是要记住，我们也有许多宝贵的财富，如果我们看不到这些，并加以正确的对待，它就会渐渐丢失。千万不要等到多年以后，让外国人再来教我们越南人学习自己先辈的东西。

我：是啊！我们再回到这个题目上来，从专业角度讲，就培训内容而言，我们已总结前人的知识，认定哪些是好的，并将其在新的历史时期加以发扬，满足培育新一代人的要求，让我们越南人能够跟上时代的步伐。

贵老师：如果我们对上面讨论的观点看法一致，我们就可以确定行动方针。古人的智慧告诉我们，要把大自然人格化。有人以植物为表象，有人以动物为表象，取其表而一步步加以提炼，变成我们的本领。要认真了解并加以运用事物的两个方面——静与动，记住静是为了动，动则是为了静。静包括知觉静、感觉静、灵感静，这里的三静并非三精。

我：是的，一个是指导，一个是行动。

贵老师：我们讲人的健康，就要讲一个人有气有血，我们要把握住一个根本要求：使气血流畅。人要吃饭和呼吸，这样才能生存和从事创造，如果真正弄懂了，就要认真去做。要使身体健康，就要有正确的锻炼方法，使气血不至淤塞，因为气血一旦淤塞，十分危险。

有入就要有出，一个人只有融入于环境和宇宙之中，才能在自然界中生存。从营养角度来讲，饮食是把物质纳入肌体，是否要有足够的营养才能纳入？不是的，身体孱弱就不能习武吗，不是的，对身体孱弱的人，要有适合孱弱者的练习方法。因为我身体不健康，所以要用技术，使弱者也能与强者搏击，这点古人已有结论。

在搏斗中要守住死路，守住了就是守住了“神”，这样搏斗时才不会疲乏。在运动中不得过于用力，不能压气，要通过练习使血气保持流动，连续运动，使之不闭塞，前人在选取各种锻炼要素时都是经过深思熟虑的。

我：在武术中，人们借鉴动物天然的形来练武，老师讲过“习形”，并重点于讲“五形”。

贵老师：我还在中国的时候，曾到过几个武馆参观，人家都有总结，他们比较一致的是归纳为十形：龙、蛇、虎、豹、鹤、狮、象、马、猴、猫。

比如狮、象、马、猴、猫，都有一些主要特征。马的特点是后踢；猴子是双手双脚并用，身段收缩而眼睛却滴溜溜转个不停；象的力气大，用的是甩、打、踩、踏、弯、扭；狮子最狠的是掴；猫不如虎豹有力气，但特机巧、灵活。以前，济公老师教我学虎拳的时候，常用猫来作解释，只要观察母猫和小猫是怎样戏耍的，就能学到不少东西。猫形有四个代表动作；蛇形是善于弯曲柔软的身段，爱钻缝隙，只有看见蛇的头，才能精准判断蛇的动作；龙形高贵，它是海中大蛇。蛇的动作疾如旋风，要把诱饵卷入中心，需要运用到全部关节。蛇不停地舞动全身，所以“神”要稳，在旋转时仍能保持神志清醒，不是只会晃动脑袋旋转如龙就可以了。锻炼“神”，要从细到粗，直至如风一般自如舞动才算是练到得“神”。

我：正是如此，人生中遇到考验的风浪愈多，愈能锻造坚强的精神和意志。

贵老师：中国人在总结中提到过这层意思，这个门派同中国的哲学思想十分接近。

讲到虎，这是山林之王，力大无比，老虎光用掌掴，就可把牛皮给撕下来。它的力气大到可以用肩膀把一头牛甩过篱笆，可见虎的臂力大得很。除了臂，虎的腰也厉害。古人通过观察，善于捕捉并概括其特点，以利于学习发力。凭着力气大，搏斗时老虎常常直面朝猎物扑来。

我：是的，老师经常讲到压倒式的搏击。

贵老师：豹子体形虽小，但力气却大，它善于从侧翼旁击，所以豹子常常轻手轻脚。至于模仿蛇的动作，关键在于练筋。最后一个要素是平衡，这是鸟类的特点。鹰、鹏属凶鸟，鹤为善鸟。如果把握不住平衡要素，做不到平衡，就不能善始善终。这些你都练过，所以能够听明白，未练过的人，讲给他也听不懂。

我：济公老人把“示范”和“讲授”分开，或只讲不示。老师则是又示范又讲授，但有的学生仍然听不懂，又是为什么呢？

贵老师：所谓懂得和掌握，要分深浅，这一点，有老师和学生两方面的的原因。总之，把握各种形态，必须通过练习掌握要诀，弄懂其深层次的含义，如果只会盲目、笨拙地模仿，是没有用的。

我们进一步进入三性、五行、七到、八门，那就进入专业话题了。

五行（作者注：龙、蛇、虎、豹、鹤）：要求把握其要领，并懂得展开，正确体现在日常练习中，这样才能了解我在上面讲过的东西。

七到：越练越开窍。要深得其要义，要历练，弄懂世界观、宇宙观、人生观，才会处世。

八门：八门功课。八种从具体到综合的方法。要练好手法、身法、步法、形、气、轻、重、灵觉，就像只有八个音符，却能创作出各种乐曲。要这样去理解它的价值！如果只把它当做体育的八个动作，就没有必要再去讨论了。

我：老师多次教我关于快、慢、重、轻、色态，脚步中的进马、分开与合拢，灵觉的形成和树立的路径，精、气、神，紧扣连成一条线，以及神、气、力等。那么，如何理解师徒之间的学术关系呢？

贵老师：学术不是一天形成的，它是经过严酷的现实总结出来的，最严酷的莫过于死亡。济公老师教我时讲过，这个很难，百人之中幸者有一。其见识抽象，难以弄懂，却凝聚了众多内涵。学生也有多种，有接受能力慢但是勤奋的；有接受能力快却懒惰的；有学到功夫却不仁不义的……所以老师教学生时，要懂得区别对待，帮助他克服弱点。如果教了也不改，就别再教了，这样，既帮他消灾，也免于祸及别人。

作为老师，要懂得老师与学生之分。有的学生，只会打斗，只知同他人搏斗的输赢，这种人在人世间太多。当老师很难，你既要具备丰厚的学识，又要懂得把各种见识加以综合。老师本人也要经过长时间的历练，本事不是靠吹牛皮吹出来的，教学方法要适合不同的对象，要帮助别人一生向上前行。老师要做学生的榜样，让学生学习、效仿。

在教学方法上，要先把各种要素加以细分，进行教学时，再综合起来成为整体。要设定种种可能出现的状况，让学生懂得应对和预判，补其不足。学生愈勤奋，愈有志向，愈聪明，就愈能深刻领会，老师就愈能传授给他更多的功夫。学生同老师分别，“出山”以后，在人生道路上，命运是不会对你特别钟爱或宽容的。所以说，做老师的不能有片面性，如果学生不遵从老师所教，在学习上只急功近利，老师是无法教的；反之，如果老师只懂得把各种拳脚分解开来教导学生，教个不停，而不加以综合、总结，谁又能跟你学个没完，这就不是个好老师。

我：老师多次同我们讲过关于古人在搏击中运用拳术和各种武器，以及如何锻炼内气和灵觉，教导学生如何应对人生，待人处事等等，其要义是否是为了达到严于律己，宽以待人，以此评价自己的教学是不是成功的？

贵老师：是啊！你把它都总结好了。我从专业方面教你步法系统、每段拳脚的要义、灵觉、兵器使用、人生哲理等等，至于如何帮助新一代人成长，处理好个人与社会的关系，这方面你有的是办法，你已经是个管理人才，我不用多讲了，你可以做种种善事，同你的学生一道造福社会。

贵老师：我已无法再对其他人讲述，你也不必重复我已讲过的话。还有阿龙，你要关心他，使两兄弟都能悟道，共同造福于社会。

我：十多年来，我一直得到尊敬的老师您的悉心教导，有些问题，老师还反复教诲和提醒，对于这些，我都在我的人生中一一践行，也给其他一些人带来帮助。我还要继续钻研，进一步弄懂更多东西，包括那些曾经一起受教于老师的人，我会与志同道合的人一道继续造福世人。

这一回，老师留出宝贵的时间同我交流，对以往的学术加以综合，等同于给我交代任务。自1987、1988年始，我已经向老师表明心志，老师也多次戏称我的心“太贪”，我也诚恳接受“贪心”的批评，因为这样的批评使我一天比一天有长进。

贵老师：不光你一个人“贪”，我也想“贪”啊！做不到也没有办法了，我还想“贪”多些日子，我还想练好身体，不断前行，永不言止，这不也是“贪”吗?

（以上根据1992年贵老师与本人谈话录音整理）

当我静下心来整理这盘录音，把它变成文字的时候，脑海中总是回荡着贵老师的声音，一切都那么熟悉，这是家庭式的记忆。我还记得老师当时的样子。他坐在那张已经有些年月的西式木床上，用一只高高的瓷杯喝茶，那只杯子也不知道用了多少年了，内壁已经变成深红色，那是茶垢在上面日积月累的结果。那只烟灰缸里，初始时只有几根烟屁股，到我要离开时已装得满满的了。那只瓷杯，还有那个烟灰缸，都是见证物，见证了老师多年来对徒弟的谆谆教导。老师把一生的心血留给了学生。我永远忘不了师徒一起用餐时的光景，每次一起用餐，哪怕只有一瓶辣椒酱佐饭，无论粗茶淡饭，酸甜苦辣，都洋溢着浓浓的师徒之情。还有那几条老是围着饭桌打转的狗狗，每条都有一个名字，它们有时趴在墙角，眼睛盯着师徒二人，竖起耳朵，好像也在聆听主人的对话。它们虽然不会说话，却能感受到这是一个温暖、平静的家。师父坐在那里，又高又宽的额头显示出这是一位学识渊博的长者，在那副胶框的眼镜后面，是一双热烈、感人的眼睛；高而直的鼻梁，体现出其刚直、不妥协、不含糊的性格；红润而紧闭的双唇，表现出一个人行事的坚定、果决；圆圆的脸和丰满的下巴，象征其高尚仁厚的心。老师讲起话来慢条斯理，脉络清晰，有时虽有些曲折，却始终伴随着爽朗的笑声。

不只我一个人，恐怕对于所有曾经师从贵老师和见过贵老师的人，对老师的这种形象都会有同感。

第四部分

作品余音

文坛、武坛热议《拳师》

近日，文坛、武坛对2013年越南年轻出版社出版的，由武师陈越中所作的《拳师》一书，以及书中所描写的非虚构的人物和故事热议不止。

这本一百多页的书，是武师陈越中以谦逊、简洁的语言信手写来，供大家分享的书，因其布局精到，所讲的故事动人而吸引着读者。

作者自白："我无意写一部小说，因为我不是一个专业的作家……我也不想用日记的形式来记述，因为那样的话，读者可能不会对那些他们并不熟悉的人物的个人生活经历抱有兴趣。"他写的是一些顶级人物，两位都为咏春拳武术门派在越南留下了深刻的印记，这就是济公老人，一位在越南传授咏春拳的武师和他的出色门生吴士贵。

从2012年9月动笔写作开始，作者陈越中在自己的作品中，倾尽全力描绘两位人物，一师一徒，一老一少，一华一越，在一个特殊的历史阶段的变化、浮沉，以及他们在感情生活与命运方面的诸多相似之处。

把从老师那里听到的故事写出来，不仅是为了感恩前辈，也是人们生活的经验财富，同时也是作者献给自己老师的一份特殊情杯。正如武术界流传的那首十分有趣的诗歌所写的那样:“展园,冯术,武强,吴形,浓郁出手成材,出门日子久远,折枝白梅谱成佳句。”其中的吴形,正是指纸桥的吴士贵,他获得济公老人真传五形拳,是一位在河内传授咏春拳的有功之士。

写这首诗的人曾学习少林拳多年,后又转学越南古代武术,原本同咏春拳并无缘分。几天前,在一个较凉爽的中午,一批青年作者聚会讨论年轻作者要深入体验生活的问题时,教育博士瑞英在读书俱乐部给大家分享了这本《拳师》,她跟大家说:“如果活的不够好,那么读这本书可以让你活得更长久。”

作家杜朱表示,在二百余页的书中,《拳师》的作者满怀着越南人的情怀与自豪,写出了那些待人处事的精华:先责己、不砸人家的饭碗、不争强好胜、不教恶人等等,已成为每一个人的袖珍锦囊。读《拳师》,不仅让我们有幸认识吴士贵老师,更重要的是,通过每一页书,从里到外,从上到下,都让我们深深地懂得:“学武不是为了打人,而是为了不被人打”以及“教人学会输,会输的人不会死。”《拳师》中那些罕见的顶级人物曾经是河内一道亮丽的风景线,况且,虽然不事声张,并且时刻保持谦逊,但作者本人就是一位拳师。

诗人友越——陈越中武师的一个学生这样说:“作者用章回形式,语言简洁,变化多样,形象丰富,《拳师》给我们讲述了一些有别于寻常的故事,引人入胜,它传递着对生活、思想和武道的不朽信息,使读者掩卷遐思,因其通过文学语言承载着真实的故事。《拳师》除了拥有学术价值,还传递出师徒之间的情感和道义等等宝贵信息。”

概而言之，武艺如人生，无以穷尽，唯有武艺给世人留下的宝贵财富、自豪、活着的意义及其道义，永远照耀着时间的无形车轮，远行千里。

凌马

2013年9月15日发表于《体育与文化》

这种尚武精神让人着迷

一周来，作家范玉进，一位多部政论片作品的编导，突然对咏春拳产生了兴趣，不是缘于他对习武着迷，而是他正在阅读一本武术书《拳师》，并沉醉其中。

这位曾经编写过《儒乡》《土地与人》《鲸乡的风》《村鬼》《天琴》的编剧，就读后感发声：

我本无多大兴趣，但当我知道这本书以资料形式记述，就是说它确保了其事的真实性，也就是忠于事实时，便想拿来翻翻。我原本不喜欢此类自传体的书，但当我从序言中读到陈越中——一位原本就是武师、良医而非专业写作人员讲述自己的意图，说这是一些收集起来的资料，重塑了咏春拳门派前辈们的故事，马上让我着了迷。

短短的两页序言，尚不足涵盖一本二百余页的书中的内容。

应该说，《拳师》吸引人之处在于奇和新。那些关于阮济公（真名阮济云）——越南咏春拳的一号人物的故事，被作者描述得非同寻常且无比深邃。

他的一生既隐秘又传奇。他生于1877年，殁于1959年，这位中华武师是首位在越南留下咏春拳印记的人。《拳师》的新与奇不仅表现在武打时的紧张场面以及生与死的考验，也不仅仅是通过这些具体人物多姿多彩的武功生涯反映出来的时势变迁。不仅是名师阮济公及其学生吴士贵老师，以及他们的门生陈越中的人生经历，本书的作者还传递出武术蕴含的道义和关于人生的见解，以及其留下的有关道德、人生的宝贵财富。

作为一位编剧，我对一本喜欢的书看得更为遥远。

多年来我一直盼望着编写一部武术电影，越南是一个历经连绵战火的国家，不管在哪个年代，都非常重视尚武精神。尤其是，越南的各个武术门派都经历过漫长时光的洗礼。

《拳师》能够满足编写一部有质量的电影剧本的各种要素，特别是，这是一部描述了越南一个武术门派——咏春拳的书。

《拳师》体现了个人对创立一个门派的深刻见解，且带有传奇色彩。作者从时间空间、长度深度，描述了历史变迁中一个门派在各个阶段的发展历程，以及这个门派的精华所在。再者，它之所以能吸引人，还在于创造咏春拳的那些人物的故事，若把它改编成电影，将是一部具有民族精神的、出色的越南电影。

《拳师》的写作方法简单，结构条理清晰，类似于回忆小说。作者叙述故事，并用资料加以充实，却带来了意想不到的效果。虽说作者不是个舞文弄墨的人，但他文章中的武术故事却闪烁着光芒，这又是为什么呢？原因很简单，一本写武术的书，也写其中的人情世故、待人处事，其高处在于一些看似普通的人却有着伟大的人格。即便不懂武术的人，不习武的人，也能从《拳师》中受益匪浅。说到底，这里的武即文，而文则无异于人，一个大写的人。

就《拳师》而论，作者在一些篇章中用十分漂亮的文笔描述了一份感人的师徒情、兄弟义。读完《拳师》，我曾同一位电影编剧，也是一位曾学过咏春拳的朋友进行探讨，这位编剧对于合作把《拳师》改编成电影同样表现出浓厚的兴趣。编剧不难，但要把它搬到银幕上，最难解决的是经费问题。首先，要复原1954至1990年这么长时间的外景，就花费不小，拍戏本身的耗资也不菲，加上挑选合适的演员等等，都是大问题。

我刚刚同作者陈越中见面，越中兄是位武师，又是个懂医术的医生，他对武术、对医道，以及对人生哲理都有独特的见解，这更加打动了我。如果能得到足够的投资，《拳师》何尝不能成为一部满足民族历史情怀、崇尚武术以及人文精神要求的好电影，满足众多观众的渴望与期待——而这，正是越南电影界正苦苦寻觅的东西。

我坚信《拳师》的成功首先在于其文学价值。

2013年8月23日发表于《年轻人报》，玉灵整理

学会输

“这门武术教人学会输，会输的人不会死。”吴士贵武师对咏春拳的门生是这样说的，而吴士贵是另一位大师济公武师的学生。

《拳师》的作者陈越中，吴士贵的门生之一表示，他的作品要说写的是武术也行，要说写的是教育哲理也对。

此书证明了一点，哪怕经历几百年，正确的、独到的教育理念永远不会过时，该教育理念的要义是，教育的核心是学生。

《拳师》一书，对两位不同年代的人物，阮济公——一位华侨武师，被尊为越南咏春拳派的宗师，以及吴士贵——一个原籍河内，师从阮济公而成才的武师，形象描写都十分饱满。两位人物的形象是作者凭借真诚的心，使人心悦诚服地树立起来的。

作者在书中着力表现主人公的民族教育思想，具体的例子很多。济公老师（1877—1959）教两位学生（吴士贵和另一位华侨）内气功夫，教够百天后老师就停止了教学，不管你学得好不好。“学生要自己去练，老师不能延长教学时间，只要有决心，按照正确的路径去练……就会成功。”

“以学生为中心”的教育思想，不只是（成为中心的）学习的人的权利，而且也是他们的义务（必须成为中心），这是发扬民主的思想，它重视个人的素质和自然发展，同时也是对学习的人的重大考验。

还有吴士贵老师（1922—1997）教导学生：“学会这门武术，

不是为了打人，而是为了不被人打”“这门武术教人会输，会输的人不会死”（由其学生诗人友越记录）。也就是说，学武术不只是为了技艺，不管哪一个门派的武术，其所能达到的境界，都会对人的心灵产生影响。拥有武功，但不以打败别人为目的，其自信足以受人尊重，别人也不敢来打自己。武艺高强却足够谦虚，就懂得必要时认输。

怎么个认输法呢？按照吴士贵老师的讲述，济公老人有时会在一个武功平平的人面前认输，因为人家要靠武术谋生，如果你打败人家，就再也没有学生向他求学，因此，老人宁愿自己认输，也好让人家保住饭碗，这比把人家打得稀巴烂影响生计要强。

这就是做人和处事的方法，不仅在武术界如此处事，学术界也应该如此，学武同读书识字是同样道理。

同教学一样，有人只单纯教学生识字和知识，但也有许多人会教导学生，培养其人格。

济公老人的教育理念在于，他把素质教育作为学好武功的硬性要求，并认为这是自己的责任。作为老师，如果不按正确的方向施教，学生的人格不会好。

所以对于学生吴士贵提出的问题：“老师有无保留武功以防学生反目?”济公回答说：“是否会反目，责任在己而不在学生，教学生用不着保留，只怕他学不好。”对此作者进一步分析认为：“学生反目，本人只占50%的原因，另一半则在老师。”

夏眉

2013年9月30日发表于《先锋报》

《拳师》与武术和人生

通过一位诗人朋友拿到《拳师》作者的电话时，我被忠告："这是十分危险的!"当我见到作者陈越中时，才知道朋友提醒的"危险"是对的。陈越中既是一个企业管理者，又会坐诊把脉开方，既是个有多位门生的咏春拳老师，又在专事研究子微相数，而观其外表却更像个电影演员。

写武术书却不讲武术

《拳师》刚问世，就在文坛引起热议，而该书的作者只是一名业余作家，只不过自己的职业同武术多有联系而已。问及作者关于写作的事，他笑着说："只管把我当作零基础好了，不要讲什么艺术手法，条理分明地描写人物之类的事，我只写我脑子里想的东西，不讲什么手法，摆脱那些所谓死结活结，把悲剧推向高潮之类的东西。"《拳师》虽说是一本讲武术的书，却不浓墨重彩地去描写武术细节，写其得失或评判高低。该书的吸引人之处，在于讲述济公老人、吴士贵老师等大师级的人物如何待人处事。读着《拳师》，人们脑海里回荡着的是师徒义、同门情，让人十分珍惜这些美好的情感。以往我们曾经生活在这样的环境中，而如今这种道义已经日渐式微。"为什么转向市场经济才几十年，这种尊师重道的传统，就如此快速地滑落了呢?"陈越中武师摇头叹息。

所有这些都是真实发生的故事，陈越中武师给读者讲了不少有关道义的故事。武术是为了练好人的人格，而不是为了打斗，使强者骑在弱者的头上。还有什么比这些故事更有趣味的呢？武艺高超如济公这样的人，当他走在行桃街大街上，被别人无意踩了脚，当其学生对这种不恭行为表示气愤时，老人却反过来表示歉意，之后他向学生们解释道：“人家乐意踩你的脚吗？我们主动表示歉意是最好的结果，如果责怪人家，你一言我一语还有个完吗？”又有一次师徒同游还剑湖，遇到有个以卖艺为生的武术班子在表演，当学生也想凑过去显摆自己的武功时，老人却狠狠一巴掌打过去，并说：“人家靠卖艺为生，我们得让人家找口饭吃！”

更为吸引人的是吴士贵老师教育那位冥顽不化的学生的故事，这个学生自己武功高强，又是个习惯了自由自在的少数民族学生。当学校要他遵守各种校规时，他十分难受且抗拒，为了收服这个学生，吴士贵老师只好使出绝招——师生比武。当然，这个学生输了，而且输得心服口服，从此他才乖乖地听从学校和老师的话。

作家杜朱读完《拳师》，就对该书的作者发表了敬重之言：陈越中以一个学生的全部敬意，讲述了他追随学习咏春拳的老师的故事，并把他们尊之为拳师。作者文笔纯朴、深邃，越读越吸引人，虽然写的是武术，讲的却是人世间的故事。书中的拳师确是少有的大师级人物，他们曾经是河内一道亮丽的风景线，况且出于不事声张的谦逊，作者本人就是位拳师。

在等待吃饭的时候写作

陈越中每日是怎样度过的呢？大家都知道，一天只有24小时，那他每天是怎样去做完手头的事情的呢？他要管理工厂的日常运作，每天一早就要出门打理产品的出口，还要顺路把外孙送到学校读书，每天都是黄昏的时候才回到家。刚吃完晚饭，稍事休息又去坐诊，为病人把脉开方抓药，之后还要教学生武术。我问他，那你用什么时间去写作呢？他说，全都是在等待吃饭的时候写的，写得还挺快，三个月就完成了这部厚达二百余的《拳师》。他还透露："我已写完第二部，现在正在校阅，这一部写的是自己的学生。"我打趣地问，现在，就连专业的著名作家，在文章创作时都要照顾到读者的"三S"，所谓色、性、欲，文章里每个"S"都要有一点，写出来的书才好销啊！陈越中哈哈大笑道："哦，我的书也有'三S'呀，我不也写了贵老师同女朋友看电影，手拉手的情景吗？还有骑自行车在女友门前兜圈时心态，一齐去看公园乐队练奏乐时的情节吗？我们年轻时碰着女朋友的手时都颤抖，心脏都怦怦地跳个不停，好害怕呀！"

许多人不知道，陈越中是越南人民军第一批将军陈子平的小儿子，他父亲去世得早，母亲终年病痛缠身，陈越中就这样孤单地过着日子，在战争期间，他还被疏散到外地一个人居住。还在年幼的时候，他是个瘦弱的孩子，怕被人欺负，所以去学武术，结果武术成了他的启蒙课。老师们的肺腑之言，让他重道义、明事理。所以说，学武术不是为了欺负别人，而是为了让自己过上好日子。

琼云

2014年3月11日发表于《首都安宁报》

试谈《拳师》的道德、教育、文化价值

年轻出版社出版的《拳师》，是一本不多见的自传体的书。是献给读者一份师生道义的宝贵礼物。这个武术题材十分吸引人，是一种同电影十分相近的题材，除了有思想，还有形有声。

不管是朋友之间的私下交谈，还是亲人间在品茗小酌时的相互交流，大家在议论《拳师》中的人物时，都能感受到作者流露出对师父们的深深仰慕和敬重之情。虽然他们的身影已经渐渐远去，河内以及曾经生活在这里的人们的美好形象，似乎已被人们淡忘，但在作者的每页书中，这些美好形象依然活灵活现。读着这些记录着人世间深深的师徒情，以及尚武精神和高尚医德的故事，难免使人对当下社会在教育、文化、道德等方面出现的问题感到困惑、揪心与惋惜。

在书的第一部分，依据已故名师吴士贵的讲述，作者用不少章节介绍了济公老人，一位被尊为越南某武术门派祖师爷的人，他是一个为人师表的光辉榜样。他只给极少的几个学生传授武术，老人根据不同的环境，以及学生的不同的能力，有选择性地进行传授。通过济公老人的故事，读者会猛然感悟到，老人是个得道者。其最为人欣赏的是学与行相结合，武与德相结合，他按照学生的不同能力、不同性格来传授，或者换一种说法，是根据其性、情、才、时而授之。

书的第二部分更生动，这部分写的是吴士贵老师，也就是作者的直接传武老师。年少时，士贵在教堂乐队担任提琴手，正因为如此，他遇上了一位同样爱好音乐的同辈少年甘叔强，一个生活在行帆街的华人，两人引为知己，这才有了甘叔强约士贵一道向济公老人学武的故事。济公老人本是甘家的管家和家庭教师，尽管有阿强介绍，也欣赏士贵的音乐天份，但济公老人还是要观察和考核这位被介绍的人的能力，然后才私下告诉阿强说阿贵可以来学习。打那开始，吴士贵的武术人生一直同济公老人密不可分。

如果说《笑傲江湖》的歌曲令人陶醉，是因为世上一对知己朋友被称为一正一邪，那么，是教堂里悠扬的歌声，以及绝妙的武术，把一越一华的吴甘两家少年连结在了一起。这段感情，从少年时代起，一直到1946年全国抗战爆发，贵老师离开河内参加爱国斗争时止。

吴老师参加革命后，一生没有离开过教育战线，当了多年教师之后，他被调到教育部教育培训司工作，直到退休。

发人深省的，是本书中贵老师对于教育工作的总结，比如他曾说：“只有正确的教育，才能带来正确的认识。唯有对自己所处的社会、家庭和本人有正确认识，对每一个问题范围之内的对与错都能了解得清清楚楚，才不至于混淆，不至于迷惑，不为诡辩诱惑。现在人们讲的假话太多，却自以为是正确的，只有弄明白这些道理，才能在社会上、在家庭中文明地生活，这就是处世。”“要想当将军、当领导、当老师，首先在信念上要坚定，如果把握不住这一点，就只配当走卒、当奴隶。”要懂得，我们生活的这个世界充满着危险和威胁，只有明白这些道理，才能选择正确的生存方式。培养一个人要全面培养，要继承老的才能发扬新的，并树立坚定正确的认识，唯有如此，人们才能提高自主性，去掉依赖性。古人也一样实施全面教育，提倡修身、齐家、治国、平天下，要继承这些思想并将其运用到新时代的教育当中。显然，古人遵循的也是从具体到抽象这样一个程序，在教育部门工作期间，贵老师有过许多实用的教育心得，这些都是至理名言。

当作者把第一代、第二代拳师的形象描绘完善以后，读者肯定还会看到第三代拳师的形象出现。自从人类诞生，从猿进化为人以来，人类就处于猛兽、自然灾害、疾病、外敌入侵等等的生与死的环境之中。但造化赋予人类更高的智慧，他们能够观察、收集，选择、总结生存下来的各种技能。或者用另一种说法，是渐渐懂得使自己摆脱危险和死亡的种种技能。于是，武术、医术就随之产生，并逐步得到完善，然后一代一代流传下去。

到了今天，最伟大的成就，被人们概括为两个领域：军事与医学。现如今，人们最为关心的是医德和武德。如果“德”字被错误地定义，被错误地使用，将会为害人类，这就显得教育的责任尤为重要。望道、慕道、寻师学道、行道、得道，是个连接起来的完整过程。换个说法，就是有了前者才有后者，前者必须有后者才能完善。这是十分辩证和合乎逻辑的。要使其一以贯之地加以运行，就要有德，让“德”字在这个无限渺茫宽广的宇宙中，以及人们的生死周期过程中，在许多无法预料的险境中得到贯彻，凭医德、武德救己救人，为人们带来平安。而德字是由教师和领头人所决定的，这就更说明了人事和教育的关键作用。

读者耳边突然回荡着作者在扉页摘录的诗句：雁渡寒潭，雁去而潭不留影，风吹疏竹，风去而竹不留声。

最后，我们似乎又听到了贵老师的琴声，似突然升高，忽又下沉。远接天边的夕阳红霞投射于蓬莱仙境，一群白鹤轻轻展翅，站在济公老人身旁的那对少年好友共同奏响了一曲《笑傲江湖》，远处传来河内教堂的阵阵圣歌声。

一本好书读罢掩卷，读者依然意犹未尽，悠然神往。

黄漠

2014年6月10日

拳师作者：我写的是武，但讲的是文

《拳师》的作者陈越中武师说，我写的虽说是一本武术的书，但讲得更多的是道义方面的事。

陈越中作者说，读者的反应使我感到有点意外，我写这本书的初衷是想把这些故事留给自己的学生。结果，我留给学生的东西却恰好是社会上缺少的东西。

——书中提到的，你认为是社会上缺少的东西是什么呢？

——书中写的是几位武师，但讲得更多的是师徒、兄弟之间的道义和待人处事的事，那些美好的、轻松隐秘的处事方式，济公师父、吴士贵老师同我们这些晚辈之间的感情非常深厚，以前人们都是这样待人处事的，而今天这些东西似乎正在消失。

我写的是武，但讲的是文，讲了许多处事待人的故事。包括讲打斗的事也有不一样，我从不写把人打得稀巴烂，让别人痛苦，讲武最好是给人讲道义。

——为什么你写武，而讲得最浓厚的主要故事并不是武？

——我经常自问，为什么转向搞市场经济？几十年后的今天，原本尊师重道，讲师徒、兄弟道义的传统竟这么快就没落了？我在书中提醒人们，我们人与人之间曾经生活在师徒、兄弟间非常美好的、重道义的处事方式之中。

诗人友越，本书的编辑曾评价说，这是一本有思想的书，贯穿全书的思想是要以道义去树人，武也是为了培养教育人，而不仅仅是为了学到一身高强的武功。拳师中的人物是生活中的典范（虽说有虚构的地方，但拳师中的人物和故事情节几乎全都是真实的）。武功上乘的济公老人，走在行桃街上被人踩了脚，却能反过来向踩他的人道歉。他对学生解释："难道人家想踩着你的脚吗?"这些教导既简单又深刻。

济公师父是位上乘的王道奇人，贵老师则是越南教育界一位尽心竭力的模范人物。今天我们在号召人们进行教育革新，却缺少榜样式的人物，缺乏许多有水平的人从事这项工作。我们有些老师，只把学生当作印钞机，要学生花钱去买字，而这些字，学生有时恨不得马上把它扔掉。

——我知道有人开办武术大班来赚钱。

——教武术赚钱已不属于道义范畴，把它放在体育范畴更容易被人们接受和理解。对我来说，一旦老师收学生的钱，就免谈道义之事，不能像卖肉一样出卖武术，钱多得大块，钱少得小块。我从不收学生的钱，包括我的学生，今后去教人也一样，谁违反了，谁就会遭到抵制。

——写作《拳师》一书的时候，你怎样看武与文的关系？

——我不是专业作者，因此受语言和叙事方式的局限，所以我选择了适合自身的写法，用简单、纯朴的语言去讲故事，但越写越感到武与文关系密切，武既有刚，也有柔；有美妙的，也有残酷的，同样也有柔情。练武的时候，有时显得很柔和，因为它很轻松，能启迪人。文可以让人哭泣，让人喜怒哀乐。而武呢？武的尽头也是文，正如作家范玉进对《拳师》的评析："说到底，武的根也是文，而文无异于是人，一个大写的人。"

——你是搞经营的，为什么去学武术？

——我父亲是个将军，1948年授衔时，我父亲是第一批授衔的将军之一。父亲教育我们要养成倔强的性格，要崇尚武功，但父亲早逝，留下了八个孩子，我作为一个失去父亲的孩子，从小就怕被人欺负。我的兄长都入读阮文追学校（一所以阮文追英雄的名字命名的学校），学校教育学生要有集体精神，要有能力承受生活上出现的各种问题。我也受到兄长们的这种学校精神的影响。读到高中的时候，我去学武术，同时向两位师傅学武。两位师傅比武时，给我留下了难以磨灭的印象。为了争取到更多的学生，两位师傅要都表现出自己的武功有多高强。在中小学时期，我是个颇为顽皮的学生，经常被卷入一些打架斗殴之中，因为傲气，一次同对方比武时险些丢了性命，从此我悟到，武功学不到家，定会遭殃。我还认识到，真正的武功，应该是王道，不同恶人斗，不欺负弱者。

那个时候，我还未遇到令我信服的师父，学武，要有让自己信服的师父才行。我刚刚遇到吴士贵老师时，他只同我聊天，并不教我武术，我戏称这是"洗脑"阶段。我从师傅处学到了忠诚，如今，我仍不喜欢宣扬什么个人作用，什么武功厉害，什么能写会说，固然来钱多，但我更喜欢大家共同发展。稳健在我的观念中至关重要，如果只讲什么比高低，那么，哪怕你今天是强者，明天也可能变为弱者。

冯原

文以载道，文即是人

越中老师：

我近日拜读了老师的作品《拳师》。

我连续用了两个晚上的时间捧读这本文字简洁、纯朴，故事曲折、吸引人的书。我读书的时候，总感觉老师好像正在同读者、同我们促膝交谈一般。

请允许我谈谈我读后的感想：

作品中出现了两位我未曾谋面，但十分仰慕的老师，对自己学生无比深情的两位老师的形象生动而真实地浮现在我的脑海中。

济公师父和贵师父都是武功高强、武德高尚的典型人物。

这些师父都是懂得知足、知止的贤人。这些知足、知止的德行一直延续到后人身上，包括越中老师和我们，尽管我们只能在日常生活的各个领域中通过作品简单去学习和领悟。

特别是贵师父，一位一直用心修炼，达到武术高峰，有才华的武师，仍然韬光养晦、温良、谦让，在江湖上未曾留下任何恩怨。

贵师父用武功去感化那些特殊的学生，引导西原的学生走向勤奋，融入到集体中去，这显示了师父的才华与德行。

还有那些贤人：济公师父、贵师父、天积师父（原越南东医学会主席），他们都是受人尊敬的师父，武功高、文化高、医术高。《拳师》中的文章间接成了人们学习这些贤人的性格、才华、心知、德行的教科书。文以载道，文即是人，通过这些文章，也使我们对越中老师有了更多的了解，他是这些师父们的一位有始有终、一心为武、为医践行修养的好学生。

通过老师在书中那些简洁而谦逊的叙述，我们对这些师父的才华和德行有了更多的了解，即便不能与他们相遇，也同样有“一见如故”的感觉。

无论是在文学、武术还是与朋友相交中，都讲一个“缘”字，我常常希望遇到这种“缘”，使彼此能更好地相互了解，这就是“机缘”。

谨向老师表达我们对作品以及作品中的各位贤人的仰慕之情！

致以郑重的敬礼！

武国兴

2013年9月25日于河内

《拳师》与教育

要论体裁，真不好确定《拳师》的类型，这是一部有层次、分章回，有人物、有故事的小说，同时它又是作者从自己的视角讲述的两位受人尊敬的拳师在现实世界中的真实故事。作者还是一位有幸直接跟随其中一位师父学武且态度严谨的学生。书中充满了生动的事例，作者也不隐瞒自己的感受，有时也沉浸在其塑造的人物形象的理想之中。同时，也有许多人把《拳师》当作学习武术的基本知识，以及如何用拳、用兵器的教科书。正因为如此，这本书才有其特殊的吸引力。对于读者来说，该书既演绎，又解释；既简洁，同时令人激动和好奇。成年人对《拳师》感兴趣好理解，连我们这样的年轻读者，也难以对《拳师》为我们打开的神秘、全新的世界无动于衷。

如花绽放

《拳师》行文平实、阳光，有时也不无轻松幽默。书中讲述了许多细微的、引人入胜的人情世态，作者顺手拈来，不加修饰。如果读过一次之后回头再读，更能品味到陈越中作者的用功之处。他围绕济公这个带有神秘和传奇色彩的人物、其传授的越南咏春拳门派，以及这一门派的另一位顶级人物，亦即吴士贵武师的所作所为，以及相关人物对武术的见解、自己的个人感受等方面去写，显得结构清晰，合乎逻辑。这本书并没有把读者引入到各种武术招式的“魔咒”或神秘莫测之中，反而像是同我们坐于风清月明的茶室里促膝交谈一般。《拳师》清晰的脉络和明快的思维，引导着没有武术概念的人进入人生的种种故事，犹如一个在黑夜中跟着亮光前行的人，越走越亮堂，越宽阔，而不至于感到震动或眩目，一直跟着书本读到最后，心更静。

闪耀着吸引人的光芒

读到最后一页，我才猛然醒悟到，《拳师》整本书中所讲述的故事，饱含着把希望寄托于年轻一代的信息。那些从事教育工作的人，都关心培养越南年轻一代，希望他们既要有知识，又要有强健的体魄，从而更有耐力，更能负重远行。

事实正是如此，年轻的读者读完书中那些高度概括、明了易懂的故事，很难无动于衷。这些都是武师的智慧结晶，他们在教学、练功、处事待人中，以及在江湖上行走遇到问题时的灵活应对方式，都是建立在高强的武功和高尚的武德基础之上的。

这些年来，长辈们都担心年轻一代过于现实，只顾赚钱，不关心大事，缺乏信念、理想和抱负。尽管这些担忧没有充分的依据，但对于年轻人，我们还是要鼓励他们要有梦想，有远大的抱负，看得更长远，而不只是关注自我，这些都是我们应该做且必须做的事。《拳师》就给年轻人传递了这样的期待，即朋友情、师徒义、自尊心、爱国心、民族魂，以及对待事业的态度：勇敢、真诚、有集体意识等等，这些都是年轻人应该具备的优秀品质。通过这本书的叙述，读者都能对此表示认同，并深受教育。之所以深受教育，是因为它能面对实际问题，每一章节虽说都是一些小故事，但有出处，有高潮，既真实又离奇，能给年轻人带来心灵上的冲击，所以人们看过之后不易忘记，其中的例子甚多，比如在“一边是友情，一边是越南人的自尊心”一章中，士贵老师通过头上那顶五星贝雷帽来表达自己对祖国的感情，并且大大方方地应对出现的问题。贵老师“打金补”的故事，表达了他要收服那个在街坊上称霸一方的恶棍的决心。这种小故事在《拳师》中比比皆是，这些故事犹如投射入年轻人心坎上的一道道亮光，甚至能打动更加年幼的儿童，不教条死板，大家读起来十分轻松，印象深刻。

全书看到最后，读者会感到被默默地召唤着练好身体。武术就是个好办法，它能使一个人的筋骨健壮、精神旷达，这应该成为年轻人的追求。

随着世界工业的发展，人们处于坐着比站起来活动要多的年代，恐怕真的要考虑一下让越南青少年通过练武提高体质的问题了。其实这个问题在四十多年前，即1975年就已经被提出来了。作者陈越中在书中有一章，相当详尽地讲述了当年全国各地各门派的武术人士，以打好新社会未来基础的责任心，从国家的大局着想，提倡尚武精神。武师们汇集在一起表演各个门派的武功，同时提出了把武术引入普通学校中去，锻炼学生的体质。假如现在也有这样一个大会，也有这样一种行动，为越南年轻一代培养健壮体质和坚韧精神，亦正当其时也！

那些“秘笈”

《拳师》不仅讲了拳术搏击、兵器使用、培养气力和灵觉（作者语）路径的“秘笈”、随机应变的待人处事“秘笈”，还讲述了值得敬重的吴士贵老师给个别人施行非传统教育手段的“秘笈”，这实际上这是一种经典做法，即根据不同对象采取不同的教育方法。贵老师用武术收服懂武术但又迷信武力的人，使其口服心服，就是依照这一理念实现的。

书中还有一份作者本人同贵老师的谈话录音记录。其中，贵老师这位武术师父对自己教育多年的心得进行的总结，既新鲜又易懂。他从“示”到“教”，从“静”到“动”两个方面，把要教学的各个要素分开，继而再进一步综合和概括，得出处置办法。这一理念同西方人常提到的现代教学方法也是吻合的。值得注意的是，贵老师还有一个让我们震惊的警示：“不要等到三四十年以后，让外国人再来教我们学习自己祖先的东西”，这种警示，在某些地方似乎正在变成现实，这也是我读完这段文字后发出的感慨。

教育学博士　阮瑞英

2013年3月29日发表于《年轻人报》（周末版）

读《拳师》有感

还记得，我是2013年8月在一次从河内飞往新加坡的航班上打开《拳师》阅读的，总共只读了约十页。使我感到惊奇的是，我第一次读到我心中多年来一直暗自希望看到的人世间那种神圣的东西，那就是美好的人情与人格。

一本并不厚的书，按老式章回体写就，又是作者的处女作。老实讲，读这本书之前我曾想，对于我这样“难伺候”的读者，读后会不会感到遗憾呢？而实际上，我在读过之后丝毫没有这种感觉，反而觉得这是一本十分完美、深刻的书。书中的每行文字、每个形象，贯穿全书令人着迷的练武、健身、人文故事，以及围绕着师徒关系这条主线陈述的故事，都使我感慨万千。

读罢掩卷，我的心绪久久不能平息，我看到过去师徒之间的情义是如此高尚，今天的师徒关系同过去差得太远了。

我曾自问，现在还有多少学生能做到，让那些经历过漫长浮沉岁月的老师们的形象，永远活在人们的心中？是否，只有曾经是学生，现在是老师，而今是《拳师》一书作者陈越中这样的人才能做到？

阮越河

2016年1月6日

《拳师》是堂处世的大课

作者陈越中写这本书的时候，只有一个简单的愿望，那就是给越南武术界的弟子们留下一份礼物。该书写了两位在越南咏春拳武术门派留下了深厚印记的人物：阮济公和吴士贵。

该书的主要内容是作者陈越中追随了几十年的咏春拳派师父的故事，他以一个学生的崇敬之心称之为拳师。该书文字简洁、真诚、纯朴，且充满了人文精神，但对读者却不乏深深的吸引力。由于作者将其定位为资料性的书，所以作者把忠于事实摆在了第一位。

通过同吴士贵老师的交谈和介绍，阮济公老人的漂泊人生在陈越中的笔下得以再现。阮济公1877年生于中国广东佛山，1959年在西贡去世，享年八十三岁。阮济公1938年到了越南，给河内一家华侨商人甘家当管家，这家商人有着一条从河内到海防—香港—中国—西贡的经商线路。在一个非常特殊的情况下，阮济公为了逃避当时政府的通缉，在六十开外的年纪离开了中国，而此时，他的才华、本领早已闻名于江湖，按照贵老师的说法，阮济公是位“哲人、良医、武师、军事家和相数师”。他凭借威望、见识和阅历，成了甘家的经营参谋和家庭教师。1954年他随甘家从河内搬到西贡居住，后来又一度追随甘家移居美国，同甘家相处近二十载，但最后还是请求甘家允许他回到越南西贡居住，直至离世。

甘叔强是甘家的长子，那时正是个少年，又是个用心读书的人，他除了在华侨学校学习，还进入法国人在河内开办的学校读书。甘家信奉天主教，这种机缘使甘叔强遇见了吴士贵，他们在教堂的礼乐队相识，随后很快成了至交。甘叔强劝吴士贵同他一道学习功夫，经过几番接触，阮济公同意接收吴士贵这个学生。他们俩师从济公四年之后，都进入了青年时期，学术和体质都得到了成长。此时，咏春拳门派的各式武功以及由此总结升华的各种精髓，济公师父都已悉心传授给了吴士贵。书中有一章讲江湖处世，作者写了济公老人在江湖上遇到各类情况时的应对办法。按照武者的观点，学武首先要学会处事。只有生活在师父身边，得到师父悉心教导的幸运者才能深刻感受到这些好处。学习不只是会行动和识字，还要学习师父的处事方式和人格。济公老人是位医武同道者，在“悦于艺”一节中，济公老人日常生活的各种故事情节，以及传授武术医术的过程，都得到了作者生动真实的再现。通过这些故事，人们能够更好地了解济公老人在越南传授咏春拳武术的精髓所在。

同间接了解济公老人不一样，作者陈越中能够直接观察到吴士贵老师的种种经历，正如他说的：“接触贵老师的时间长了，我看到一点，过去老师很少谈及自己，这是一种隐秘的人格，不事张扬，往往是先冷静观察、思考再作出结论，而后采取行动。我觉得这种性格同自己十分接近，要了解一个人的各个侧面，才能把自己所学同老师的人生和思想紧扣在一起。总之，要读懂济公老人，读懂贵老师，才能真正深刻地理解他们的学术价值。”吴士贵和陈越中师徒之间有很多机会交流分享，不只是两人在千里行程之间互相交心的机会。

吴士贵老师1922年出生在河内东英县一个祖上有过多位中榜科举人士的职员家庭。他从小就有着一种个性十足的生活方式，爱好音乐，武功也好。1946年，青年吴士贵参加了首都河内的“为祖国决胜敢死队”。1950年，越南陆军士官学校迁到中国云南、广西办学，为越南培养长期抗战所需要的军事干部，吴士贵被选派去当老师，在中国从事教育工作期间，他有机会了解到中国武术发展的情况，这时，他才更加深刻认识到自己少年时期所学武术的学术价值。要把包括佛学、儒学、哲学在内的传统思想和现代思想相结合，对人进行教育的这一思想贯穿于他的教育生涯。在尽完一个公民的本分和义务以后，贵老师于1980年退休。打那时起至1997年离世，他腾出时间把从少年起学到的武术知识进行总结提升，提出并建立了一整套培养学生的教学方法。

这是一本讲武术的书，但它并不是为学武术的人写的，书里面潜藏着许多处世的道理、兄弟情、师徒义。作者笔下出现两个真实人物：一师一徒、一华一越，作者描绘了他们在一个特殊的历史时期的人生沉浮史。可以说，作者通过自己的处女作，在某种程度上偿还了对师父的恩情。让我们再次同作者一道分享最后的结束语：“学术，这里具体指的是武术，它犹如人生，时升时沉，有时充满光辉，有时隐蔽平静，但，它毕竟是人类宝贵的财富，永不消失，它将一代代传承下去，得以永远保存！”

文学博士　刘庆思

《拳师》读后感

《拳师》中列举了师徒之间曾经发生过的几个故事：一是师徒同游环剑湖时遇到以武卖艺的班子在表演，阿贵想趋前显露自己的功夫却被师父制止，说不要砸烂人家的饭碗；二是有一位华侨武师钟师父通过表演武术收徒，阿贵也想上去比试同样被制止；三是1945年日本占领河内后实行戒严，一个有急事的人上街被日本兵砍伤，济公施药救治的故事；四是邻居恶妇经常打骂自己的丈夫，济公劝说无效后通过惩治给予教训，使其悔过之事；五是济公师父对学生严格要求，不光授武又教学生如何做人的故事等等。最后，作者写道：

> 对于这样一位老师，贵老师永志不忘。他参加革命工作多年后回到河内，便多方打听济公老人的下落，最后才知道，老人已迁居到西贡，并于1959年去世。由于已无法再见到济公师父以报答其功德，贵老师把自己费尽心血学到的咏春拳功夫悉心传授给自己的至亲弟子陈越中，而陈越中则以两位师父为榜样，用心写好《拳师》这部作品，同师父一道为越南保存一个很有特色的武术门派——越南咏春拳，以此作为自己应尽的本分，同时也是对两位尊敬的已故先辈表达知恩图报之情。

我是个因读了《拳师》而痴迷于这本书的人。本书的开头讲的故事是“情”，中间讲的是“仁”，最后讲的是“义”，这三个字在几代人之间相互流传、纠缠、渗透，如果没有了这三个字，我们活在这世上还有什么意义呢？前人如此重视这三个字，我们今天更要认真想想，只有认真想了才会明白，而明白了就要接受，让我们认认真真地去接受《拳师》中的情、仁、义吧！

作家　张思秦琼

2013年9月1日于河内

一本写武人武道的书

陈越中老师：

我叫团明新，是团陈明新的父亲。明新正在老师那里学咏春拳。

越中老师，我儿子给我送了一本《拳师》，我是个喜欢读书的人，且读得也快。但面对《拳师》，我无法快读，因为读得快了就会错过一些东西，就无法完全理解作者用心锻造的历史上出现过的两位真实人物：阮济公和吴士贵，以及他们在武术和生活等方面的所作所为。

书中为了再现两位拳师的形象，对所选用的故事及思想行为进行了细致的描绘，是成功的。

您创作的《拳师》一书，以两位拳师的故事贯穿始终，这既是一部短篇小说，又是一部历史小说。

写故事的难点（不管是短篇还是长篇），是所要塑造的人物，既要对其高度概括又要富有个性。作者对两位武术大师的描绘，其武也厚重，其个性也丰满，书中一些次要人物如甘叔强，个性也能得到突显。就连一些一闪而过的人物，也都有不一样的个性和人格。

咏春拳是一门柔拳，柔软、隐秘、简易、平静而不夸张，效果却甚佳。

您通过对一些细小而简单的细节描写，展现相关人物高尚的人品、仁义道德和美好的人格，正因为如此，它才更容易打动人，震撼读者的心。文章简洁而平实，却道出了深刻的思想。比如，贵老师戴着那顶帽子出现在甘家寿宴上的一节就十分精彩，又如天积老医生的出现等等，都写出了武者的处事风格。

《拳师》这样的书在今天实在太少了，写武术的书并不缺，但写“武人”“武道”的书却很少，几乎找不到。

如果说《拳师》是一部奇书，吸引人的书，那么越往后，要看《拳师》的人就会越多。

通过这部作品，老师已经尽了对恩师们的报答和感恩之心，我相信，这本书还将为越南咏春拳门派的祖师爷们千古留名。

我预感，《拳师》一书将是今后更多越南咏春拳人及其后人续写的重要开篇。

非常感谢陈越中老师，您确实称得上是咏春拳祖师爷们的享誉者和继承者。

河内师范大学文科1957届

团明新　谨书

2014年10月1日于西贡

代跋

我十分荣幸得到《拳师》的作者，同时也是我的武术老师陈越中的允许，在读完本书后与大家分享我的感受。

在越南文坛上，恐怕已多年未出现过一本描写武术界传奇人物的文学作品了，值得指出的是，他们都是些近年来人们口头上或者在银幕上看到的，蜚声海内外的咏春拳门派的宗师级人物。

更何况，这本书并非专为习武者而作。作者笔下出现了两个人物：一师一徒、一老一少、一华一越，他们同处在一个急速变化、世事浮沉的非常特殊的历史时期，而他们又在情感、性格、命运等等方面那样相似。

对于一个人来说，有两个最为重要的时刻：一个是人刚刚生下来的时候，另一个是闭上眼睛辞别人世间的那一刻。

阮济公老先生，一位在广东佛山地区顶尖的

武林高手，在刀光剑影中滚打多年后，为了躲避江湖恩怨而漂泊海外，到越南栖身，并在这里度过了余生的二十多个春秋。他把越南作为他的第二故乡，并在这里度过了他一生中武术生涯最为得意的时光。

或许因为已经金盆洗手，过上较为安定的日子，他老人家才有足够的时间回顾总结和传授这门咏春拳武术。作为一个杰出的武术人物，阮济公学到的东西既多样又庞杂，加之亲身经历过残酷的现实磨难，有过多次绝处逢生的时刻，让他得以提炼出其独有的武术精华。

恐怕正是这一切才能够帮助我们解开武术界一直以来难以解开的谜团：为什么在中国乃至世界所传授的咏春拳内容，在越南都有，反之，阮济公在越南向弟子们传授的一些咏春拳内容，其他地方却没有，这是否说明，越南的咏春拳有阮济公独创的部分？如果确实如此，那么越南的咏春拳，则可以确定为以某人名字命名的咏春拳的另一门派。

由于较晚接触这门拳术，我同吴士贵老师没有更多的接触机会，也未曾直接接受他的传授，但是读了《拳师》，感觉到了书中对师父的爱、怀念和崇敬。师父嫡传弟子陈越中描述的故事最真实、最可信，对吴士贵师父的形象描绘得也最饱满。我相信，那些曾经见过，甚至未曾见过吴士贵老师的人，读了这本书也会与我有同感。

在此我想谈谈我从吴士贵师父的教导中收获的两点心得。

老师教导说：“学习这门武术，不是为了打人，而是为了不被人打。”

他又教导说：“这门武术教人会认输，会认输的人不会死。”

这是否正是“君子不争”？习武到了何种功力才有自信别人打

不了自己，又要修炼到何种水平才能做到即使自己武功过人也要懂得必要时“认输”？个中道理体现在拳师的言行之中。更为重要的是，我感悟到，正是这种处世哲理，才使得武术之道更能适应当今之文明世界。

《拳师》以章回形式，采用简洁而灵活多变的语言，以及充分的形象描述，讲述风格不同寻常，引人入胜，蕴含丰富的生活信息、思想及武道，使读者掩卷之后无限遐思。《拳师》并未止步于此，作者还把活生生的生活故事，通过其本人与吴士贵老师的交谈等方式呈现出来，体现师徒之间的情感、道义及其学术价值。此外，还有用文字和语言记录在附录中的一些生动资料。这些，正是这本书不可或缺的部分。

诗人　友越

译后记

2013年冬天，我在越南访问的时候，有幸在河内同陈越中的几位兄弟叙旧，当时，陈越中给我送了一本由他创作的刚出版不久的《拳师》。

2020年初，因新冠肺炎疫情肆虐全球，人与人之间的交往受到很大的局限，人们被禁足于所在的城市或家中，因闲暇时间较多，遂把一些存书翻出来阅读，其中就有《拳师》。读着读着，顿觉心潮翻滚，感慨万千，原来中国广东佛山地区的咏春拳也流传到了越南，且还颇有影响，落地生根，成了具有越南特色的一个咏春拳门派。书中记述了一位中国武师阮济公（真名阮济云），他不仅武艺高强，且武德高尚，在越南培养了一批德武双馨的弟子。这个故事，无疑也是中越文化交流史上的一段佳话。随之，我萌生了要把这本书翻译出来介绍给中国读者的强烈愿望，经商作者陈越中同意，作者说等他把新版的书寄一本给我，再行翻译。收到新版后，（一看已是第四次翻印），我立即着手翻译，经过大半年的工夫，全书总算翻译出来了。

这是一部纪实文学作品，书中所写所述都是真人真事。

作者写作这本书，是出于对这门学术的敬畏，同时也是为了对前辈师父们报恩。作者心头一直缠绕着，如再不抓紧把这些故事，这些情况记录下，已无法安心过日子。写在纸上的是白纸黑字，道出来的却是作者的心声，所以，此书才如此打动人，吸引人。《拳师》发行之后，在社会上反响之大，出人意料，一石激起千层浪，社会上一直热议不止，尤其对教育文化思想界产生了极大的震撼，以至于洛阳纸贵，《拳师》一版再版，该书2013年出版到2020年，已经先后出到第四版。

作者陈越中，是原越南驻华大使，越南民主共和国授衔的第一批将军，也是越南抗法战争期间迁到中国云南的越南陆军士官学校政委陈子平的小儿子。我在北京工作期间，因工作关系，同陈大使也常有接触，还曾一度陪陈大使夫人阮氏兴拜访邓颖超大姐，安排她在中国治病疗养和到各地参观。因此，我同陈家有着颇深的关系。正如陈越中在送我那本书的扉页上写的：“敬赠黄群叔叔，我母亲1968年—1973年在中国治病期间，您对我母亲给予了很多帮助”。可以说，翻译并在中国出版这本书，也是我对陈家的一片深情表达。

我曾想，如果把这本书的内容搬上银幕，或是同越南同行合拍一部电视连续剧，定是一部很受中越人民欢迎的片子。

在本书的翻译出版中过程中，得到陈凤芝、黄毅、张志庆、姜木兰等多位朋友的热心帮助和支持，谨在此表示衷心的谢意！

黄群

2021年4月